「……そんなに可愛い声で啼いてくれるな。一晩中でもお前を苛みたくなるだろう?」
「んんぅ……やっ、あぁっ……」
どれほど気持ちが良くても、胸だけの刺激では到底達することはできない。
物足りなさに、自然とナディアの腰は浮いた。

推し活がしたい転生令嬢ですが最推しの公爵様に囲い込まれました!

猫屋ちゃき

Vanilla文庫

目次

推し活がしたい転生令嬢ですが最推しの公爵様に囲い込まれました！

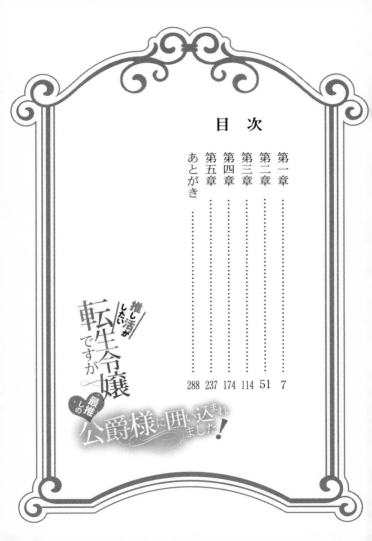

イラスト／ことね壱花

第一章

とあるお屋敷の日当たりの良いサロンに、女性たちの楽しげな笑い声が響いていた。

一見するとテーブルを囲んでお茶会をしているようだが、女性たちはお茶そっちのけで手もとに夢中になっている。時折感激したように息を呑《の》んだり、隣に座る者に囁《ささや》きかけたりしては笑っていた。

それぞれの手には何やら冊子があり、それを眺めて楽しんでいるのだ。

冊子には詩や、小説や、ペンで描かれた人物画が印刷されている。

それだけ見れば、女性が好む読み物か何かだと思うだろう。だが、彼女たちが手にしているのはごく一般に流通している書物ではない。

いわゆる私家版、もっとわかりやすくいうならば同人誌だ。

ここは、自分たちで作った本を回し読みして楽しむ、秘密の婦人倶楽部《くらぶ》なのである。

なぜ秘密なのかといえば、本の内容があまり公《おおやけ》にできないものだからだ。

実在の人物たちを題材にした創作物を楽しむのが、この倶楽部の活動なのである。

（やっぱり、こうして同好の士と推し活の喜びを分かち合うのは最高ね）

楽しげなご婦人仲間たちを見て、ナディア・グライスラーはしみじみ思った。

この秘密の倶楽部は、ナディアが始めたものだ。

ナディアは前世の記憶を取り戻してからというもの、推し活に邁進《まいしん》している。

グライスラー伯爵家に生まれたナディアは、多くの令嬢たちのように、十六歳で社交界デビューをした。

その日の夜会は、まさにナディアの運命を変えるものだった。なぜなら、その夜会でたまたま美貌の男性を目にしたことで、前世の記憶を取り戻したのだから。

その男性は、ライナルト・シュバルツアールという。

銀髪に青い目をした鋭利な美貌を持ち、おまけに若くして公爵位を継いだという、いわゆる優良物件である。

婚活中の若い令嬢たちの憧れの的だし、既婚のご婦人たちもつい彼には目を奪われるようだ。

初めて彼を見たナディアもご多分に洩《も》れず釘《くぎ》づけにされたわけだが、他の人たちとは理由が違った。

——アレク様がいる！　アレク様と同じ次元に立ってる！　アレク様と同じ空気吸ってる！

それが、ライナルトを見た瞬間にナディアをかけ巡った感情だ。

そしてそのとき、自分が前世で「恋する王子たちの楽園」略して「恋園」という乙女ゲームの、アレクという銀髪イケメンのキャラクターが大好きだったことを思い出したのだった。

ライナルトは、ナディアの前世の最推しであるアレク様に激似だったのだ。

「ナディアさんのR様は、やっぱり最高だわ。今回は隣国からやってきた暗殺者との道ならぬ恋というテーマがもう、素晴らしくて……」

今しがたナディアの本を読み終えた令嬢アグネスが、感激に目を潤ませて言った。

R様というのは、もちろんライナルトのことだ。ナディアはライナルトをモデルにした小説やイラストを書き、それを倶楽部の友人たちに手紙で送ったり、こうして冊子にして見せたりしているのだ。

「R様って何というか、日向《ひなた》の恋より日陰の恋のほうが似合う気がしない？　だから、どうしてもいつも暗めのテーマを選んでしまうのよね。愛ゆえに……」

「わかるわ！　あの銀髪は、月を彷彿《ほうふつ》とさせられるもの！　そんな彼には明るい場所より、日の当たらない場所で世間に背を向けるような刹那的な恋をしていてほしい……！　これでひとつの詩が書けそうだわ」

ナディアの言葉に、アグネスは大いに同意した。語りに対して新たな語りで応じてくれるこのやりとりは、まさに〝オタクのやりとり〟だと、ナディアはじんわり嬉《うれ》しくなる。

前世の記憶を取り戻してからというもの、ナディアはこの世界と前世の世界との違いに戸惑い、苦しんだ。

当然、テレビもなければネットもない。アニメや漫画やゲームといった娯楽もない。推定十八世紀頃のヨーロッパに似た世界観にそういったものを求めるのは無理な話だとわかっているものの、何よりつらかったのは〝推し活〟ができないということだった。

〝推し〟とは読んで字の如く、人に推薦したいと思うほど強く好意を抱いている対象のことを指す。つまり推し活とは、推しを愛《め》でる活動全般のことだ。

前世のナディアは、「恋園」のアレク様にどハマりし、彼のグッズを集めたり同好の士と語らうだけでは飽き足らず、自らも彼のイラストや小説を生み出したり、それをネットに投稿していた。やがてそれらをまとめて本にしたものを、即売会と呼ばれる場所で頒布《はんぷ》していた。

そんなふうに熱心に取り組んでいた趣味について思い出してしまったから、現世が実に退屈なものに感じられるようになった。

何より、最推しアレク様にそっくりなライナルトに出会ったというのに、夜会に出るたび彼の美麗な姿を拝むことができるというのに、たぎる思いをぶつける先がないのはつらかった。

というわけで、ナディアは社交界デビューして数カ月経《た》つ頃には、ライナルトへのたぎる思いを短い小説に、イラストに、ぶつけるようになっていたのだ。

幸いにして現世は伯爵家に生まれついているため、紙もインクも豊富に買い与えられている。何より部屋にこもって机に向かっていても、とがめられることはない。これが平民生まれなら、こんな贅沢《ぜいたく》な物や時間の使い方は許されなかっただろう。

最初のうちは最推しアレク様に重ねてライナルトを見ていたが、次第に彼自身を書きたいと思うようになっていった。

とはいえ、いつも遠くから眺めているだけで直接言葉を交わしたことはなく、彼についての知っていることといえばすべて噂《うわさ》か伝聞だ。彼についてはわからないことだらけで、王家の血筋の誰かの愛妾《あいしょう》だとか、スパイだとか、はたまた表に出ているのは影武者だとか、好き放題言われて真実など見えない。

だから、わからないところはすべて妄想で補って、少しでも〝公式からの新規情報〟を得るために夜会に熱心に参加するようになっていったのだった。

そんなときに、アグネスから声をかけられた。「あなたは、ライナルト様の崇拝者なの？」と。

彼女にそう尋ねられたときは、少し身構えた。だが、彼女の放つ雰囲気や眼差《まなざ》しから〝同士〟の気配を察知し、逆に尋ね返したのだ。「そういうあなたは、どなたを崇拝していらっしゃるのですか？」と。

耳慣れない崇拝という単語が、前世の記憶の推しに該当する概念だという推測は、見事当たっていた。

そこからアグネスは怒涛《どとう》のように自身の推しである騎士団長について語り、彼をモチーフにした詩を披露してくれた。ナディアが推し活について話すとすぐに興味を示し、理解してくれた。

アグネスは、婚約者がありながら推しがいるということを、周囲に言い出せなかったのだという。だが、恋愛感情と推しは違うということを、ナディアはわかっている。だから、ナディアを見て理解者になってくれるかもしれないと彼女は感じたのだと言う。

〝推す〟という概念を共有してからは、共に楽しむようになった。ナディアは小説とイラストを、アグネスは詩を書いて、お互いに手紙で交換するようになっていったのだ。

アグネスという同士を得てからは、推し活の輪が広がるのは早かった。

彼女の知り合いだという未亡人ローレは、活動の場所として自身の屋敷のサロンを提供してくれるようになった。夫を亡くしてから何の楽しみもないと言っていた彼女は、今では活《い》き活《い》きとナディアたちの推し語りを聞いている。

そのローレが素質がありそうだと言って連れてきたカトリナは、彼女と同じく創作はしないものの、ナディアやアグネスの作ったものを取りまとめて冊子にすることを提案してくれた。天性の編集者気質のようで、いつも的確な感想や指摘をくれる。

夜会で親しくなったゲルダは、美しいものを愛でるのとそれを絵画にするのが好きだというので、見込みがあると感じて勧誘した。彼女はお近づきの印にライナルトの肖像画を描いてくれた。

彼女の幼馴染《おさななじみ》であるヨハンナは、物静かながらネタ提供の天才で、誘うまでもなくするりと倶楽部に参加するようになっていた。

現在、秘密倶楽部はナディアを含めて六名で楽しく活動している。少なくとも月に一度はこうして集まり、気持ちが高まればそれ以外にも集まって思いの丈をぶつけ合っている。

「そろそろ、合同誌の話し合いをしておかなくてはいけないわね」

冊子から視線を上げ、ローレが優雅に言った。彼女が先ほどまで読んでいたのは、ヨハンナから提供されたネタをナディアが書き上げた小説だ。アグネスの推しである騎士団長を主人公にした血湧き肉躍る冒険活劇だし、何よりがっつりボーイズラブ要素が含まれているのだが、彼女が手にしていると、まるで詩集か何かを読んでいる姿に見えてくる。

「大事なのはテーマ決め、ですよね。テーマさえ決めてしまえば、あとは各々で活動できますし」

ローレの発言を受け、ナディアは考え込んだ。

合同誌というのはその名の通り、倶楽部のメンバー全員がそれぞれ作品を持ち寄って一冊の本にしたものだ。去年思いつきでやってみて、あまりにも楽しかったから、今年もやろうという話になっている。

「旅というテーマはどうでしょうか？　最近、ゲルダは油彩だけでなくペン画を練習していて、風景画がなかなか上手なんですよ。なので、それぞれの作品に合わせた風景画を彼女が用意することもできます」

ヨハンナがそう言うと、ゲルダはいそいそとカバンから小さな帳面を取り出した。そこには、王宮や彼女が暮らしていると思《おぼ》しき屋敷の絵が描かれていた。

「すごいわ。前回の合同誌でペンで描いた人物画もとても上手だったけれど」

アグネスが褒めると、ゲルダは嬉しそうにした。彼女は夜会では積極的に壁の花になっているような引っ込み思案なところがあるが、気持ちが顔に表れやすい。

「ペン画がうまくなったら、私も合同誌にたくさん載せるものを描けると思って、練習しました。人物画は、ナディアさんが上手だから」

「素敵ですね。旅というテーマも、統一性は出ますが自由度もあって、なかなか楽しいのではないでしょうか。夢と希望に満《み》ち溢《あふ》れた旅、すべてを失って逃げるような旅立ち、愛する二人の逃避行、あるいは死出の旅……ほら、書く人ごとに特色が出そうじゃありません？」

カトリナはすっかり合同誌のヴィジョンが浮かんでいるようで、嬉々《きき》として語る。前世でも合同誌をやる際、誰にどんな作品を頼むかの采配がうまい人がいたが、彼女はもろにそのタイプなのだろう。

「異論はなさそうですし、今回の合同誌は旅というテーマでいいかしらね。私も今回は、テーマに合った皆様が好みそうな小説や歌劇についてご紹介する文を寄稿するつもりですのよ」

「ローレ様も寄稿してくださるのですか？　……ありがたい。活動の場の提供と印刷費の出資だけでもありがたすぎるのに」

ローレの申し出に、ナディアは深々と頭を下げた。お辞儀の文化はないはずなのだが、ありがたいとすぐにやってしまう。

「みなさんの得意と好きが集まってできあがる一冊……今から楽しみでたまりませんね！　私、夜会のためのドレスを仕立てるよりこの活動のほうが断然楽しいです！」

前世の記憶を取り戻してすぐは、同士がいなくてとても寂しかったのだ。だから、ついついありがたみを感じるとナディアは拝みたくなってしまう。

そんなナディアを見て、仲間たちは笑った。

「だめよ、ナディアさん。私たちの安定した活動のために、きちんと理解ある伴侶を見つけなくては。行かず後家《オールドミス》では、とてもではないけれどこの活動は続けられないもの」

そう言ってたしなめるのはアグネス。婚約者のいる彼女の言葉は重い。

「ナディアさんは可愛いので、ぜひ素敵なドレスを着てくださいね」

美しいものが好きなゲルダに褒められると、悪い気はしない。だが、着飾るより創作活動をしていたいという気持ちはなかなか変えられなかった。

「ナディアさんはいっそのこと、ライナルト様狙いで行くべきでは？　家柄も申し分ないのですから、彼を伴侶にするのが最もいい気がしますけれど」

カトリナの無邪気な発言に同士たちはみな頷《うなず》いたが、それればかりはナディアも頷くことはできなかった。

「ライナルト様に見初めていただけるなんて、そんなのないない！　ありえませんよ。それに何というか、推しと恋愛対象は、こう、違うのです。『見ていたい』と『恋仲になりたい』は別の感情なので」

ナディアは何とか、ライナルトに対して〝ガチ恋〟ではないことを説明しようとするのだが、毎回うまくいかない。同じ感覚を持っているアグネスやゲルダはわかるようだが、あとの三人はいまいちピンとこないらしい。

貴族の結婚自体が、恋愛だけで成り立つわけではない以上、少しでも好意を持っている相手のもとに嫁ぐという考え方になるのは当然ではあるのだが。

「……今後も末永く活動を続けられるように、ちゃんとお相手探しに励みます」

ひとまず同士たちを安心させねばと、ナディアはそう言ってお茶を濁しておいた。

今後も外向きには健全な倶楽部活動であるためには、なるべく〝普通〟でなければならない。貴族社会の普通とは、適齢期が来れば嫁ぐか婿をもらうかすることだ。

前世の世界でだって、まだまだ未婚の人間に対する風当たりは強かった。十八世紀くらいのこの世界観では、それはなおさらだろう。

オールドミスとして白眼視されながら生きていく勇気もないし、他の同士たちと住む世界が違ってくるのも嫌だった。

だから、夜会でのライナルトウォッチングはほどほどに、きちんと婚活しなければいけないことも、理解はしている。

「お待たせ、レオナ」

倶楽部がお開きになりローレの屋敷を出ると、馬車のそばにメイドのレオナが立っていた。

歳が近いことと何より仕事ができるということで、社交界デビューしてからナディアの専属メイドにしている。

「楽しめましたか、ナディアお嬢様」

「ええ、とっても」

「そのままお屋敷にお戻りになりますか」

「いいえ、書店に寄ってほしいの」

ナディアが要望を伝えれば、レオナは静かに頷いてそれを御者に伝えにいった。それからナディアを馬車に乗せ、自身も向かいに乗り込んだ。

無駄のないその仕事ぶりに、つい見惚《みと》れてしまう。レオナは男装が似合いそうな、いわゆるクールビューティーな女性なのだ。

「何ですか、ニヤニヤして」

「いえ、私の専属メイドさんは素敵だなと思って。うふふ、お話に出したいわ」

「……お嬢様の創作物にですか。勘弁してください」

ナディアの創作物に目を通さないまでも実在の人物たちをモデルにしていることをほんのりと知っているレオナは、露骨に嫌そうな顔をした。

有能だが、主人に対して過剰に阿《おもね》るところがないのも、好感が持てる点だ。

「どのような本をお探しですか」

「旅行にまつわる本が読みたいのよね。地方都市に関するものだとか、地理的なことがわかるものがいいわ。誰かが書いた紀行文でもいいのだけれど」

「それなら、いつも行かれる書店ではなく、通りの角の店がいいかもしれませんね。小さいのですが、その手のものの品揃《しなぞろ》えはいいそうなので」

レオナは身の回りの世話をするスキルに長《た》けているだけでなく、こういった店に関する情報もしっかり頭に入っているようだ。ナディアがのほほんとしているぶん、彼女がしっかりしてくれているから助かっている。

「レオナは私の嫁ぎ先についてきて、夫人付きの侍女になってくれるわよね？」

「そのためにはまず、嫁ぎ先を見つけてくださいね」

ナディアがレオナの有能ぶりに感嘆して言うと、彼女はやや呆《あき》れた様子で返してくる。

いつものことだから、その無礼な物言いをナディアは気にしていない。

「大丈夫よ、任せておいて。顔は可愛く生んでもらえたから」

「……本当に、容貌は申し分ないのですよ、容貌だけは」

自他ともに認めるように、ナディアの容姿はなかなか可愛らしい。金茶色の髪に蜂蜜色の目という色彩は悪くないし、顔立ちも整っている。

ただ、〝モブ感〟が否めないというのが、ナディア自身の感想だ。

前世の記憶を取り戻してから改めて鏡で自分の顔を見て思ったのは、「ラブコメドラマの主人公の友達みたい」だった。

〝可愛いけれど華はない〟とか〝可愛いけれど添え物感がある〟というのが、自分の容姿に対する冷静な評価だ。

「まあ、主役にはなれなくても、このくらいの容姿がいいって言ってくれる人はきっといるわね」

「え？　それは『お嬢様の人生の主役はお嬢様ですよ』とでも言ってほしいのですか？」

「もー、そういうんじゃないわよ」

ナディアとレオナがくだらないやりとりをしているうちに、馬車は書店が建ち並ぶ通りの近くまで走っていた。きれいに舗装された道が続いているはずだったのだが、突如ガタガタした部分に車輪が引っかかり、ナディアたちの体はその震動により少し浮いた。

「……石畳が割れてしまっているわね。修繕費がないのかしら？」

窓から覗《のぞ》いて確認すると、一部の石畳がボロボロになっていた。道の整備については土地の管理者に責任があるのだが、こうして放置されているのを見る限り、余裕がないのかもしれない。

「さっきのあたりは、教会の担当地区でしょう。……あいつら、貯《た》め込《こ》んでどうするつもりなのかはわかりませんが、かなりケチ……吝嗇家《りんしょくか》なんですよ。石畳が割れたくらいでは、修理しないでしょうね」

教会についてレオナは何やら思うところがあるらしく、苦々しく言った。この国の人たちはどうやら信心はあるらしいのだが、教会とはやや心の距離があるように感じる。

おそらくは、胡散臭《うさんくさ》いと思っているのだろう。

（推しは好きでも推しの運営元や所属事務所に不信感があるなんてこと、普通だしね）

人々と教会との距離感を、ナディアはそんなふうに受け止めている。

「さあ、お嬢様。着きましたよ」

「あのお店ね！」

馬車から降りてすぐ、ナディアはレオナが先ほど言っていた店を見つけた。

表のにぎやかな部分からやや外れた奥まったところにある、小さな店だ。だが、パッと見るだけでも書棚に専門書がたくさん詰まっているのがわかって、ナディアはワクワクした。

「お嬢様、必要な分だけですよ。ただでさえ、部屋の本棚は溢れているのですから」

「はーい。わかってるわ」

ナディアは純粋に読み物が好きなだけでなく収集欲もあるため、ついつい本を買いすぎてしまうのだ。

それを理解しているレオナから釘を刺され、ときめきを抑えつつ店に入る。

「やっぱり旅について理解するなら、鉄道の時刻表はほしいわよね。あ、これ……他国へ渡った人の旅行記ね。スケッチが載ってるのはありがたいわ。こっちは食と旅の本なのか。絶対に面白いわ」

この国では百年以上前から貴族や富裕層の間で旅行が活発で、鉄道が敷設されてからは庶民たちもわりと気軽に出かけられるようになっているらしい。

そういった関係で、すべての駅の時刻を網羅した時刻表は定期的に刊行されているし、旅行にまつわる本も豊富にある。

店主は旅好きなのか、好みが色濃く反映されているであろう店内は、他の書店では見たことがないほどのたくさんの種類の旅に関する本が取《と》り揃《そろ》えられていた。

「表にはペーパーバックも並んでいるのね……あの手の本なら読んだら処分するのもありだから、レオナも何も言わないはず」

安価な紙に印刷され、ハードカバーのように革や厚紙でできた分厚い表紙を用いていない本のことをペーパーバックと呼ぶのだが、そういった本は丈夫ではない代わりに捨てるのも楽ということで、旅のお供に持って行かれるのだという。

ナディアはそういった旅のお供も今回の資料にほしいなと、ふらりと店の外に出た。

そのとき、ふと胸を騒がせる香りが鼻腔《びこう》をくすぐった。

（……ライナルト様？）

それは、夜会で時折ライナルトに近づくことができたときに感じられた香水の香りに似ていた。たまたま同じものを使っている人が近くを通りかかったのかと思ったが、何となくそうではないとわかる。

というのも、ライナルトが使っている香水について自分なりに調べ、限りなく正解に近いと思われる品を特定し、それを自室で噴霧したことがあったのだが、彼から香るものと同じにはならなかったのだ。

そのことをレオナに訴えると、若干気持ち悪がられながら「香水の香りはつける人の体温や体臭によって若干変化しますので」と説明された。

つまり、ライナルトのものによく似た香りがするということは、近くに彼がいる可能性があるということだ。

夜会ではない場所で彼にお目にかかるチャンスを逃すまいと、ナディアはそっと辺りを見回した。

(もしかして、あの人から香ってる？　あんな冴《さ》えない人から……あ！)

香りを頼りに周囲を探っていると、ひとりの男性が目に入った。その男性は表でペーパーバックを立ち読みしており、そのあまり上等とは言えない身なりや猫背な姿勢から、ライナルトと同じ香水を愛用しているようには見えない。

だが、じっと見つめるうちにナディアは気がついた。その人物が、ひどく彼に似ていることに。

初めは、似ているというより既視感があったという感じだ。だが、麗しい公爵であるライナルトと、このみすぼらしい感じの男性を重ねてみるというのがそもそもおかしい。

そのことに気づいてじっと見つめるうちに、ナディアは気づいてしまったのだ。

耳の形と位置が、ライナルトと目の前の男性で同じなのだと。

前世に何かのテレビで見たことがあるのだが、どれだけ変装や整形をしようとも、耳の位置や形は基本的には変えられないのだという。

ということは、まとう香りが似ていて耳まで似ているとなると、本人である可能性がさらに高くなる。

「あ……」

そう思って見つめていると、その人物は立ち読みをやめて歩きだしてしまった。

何となく逃しては行けない気がして、ナディアは店内にいたレオナに「これを買っておいて」と選んだ本を押しつけてから再び店を出た。

（どこに行くのかしら……というか間違いなくあの人、ライナルト様だわ）

そっと尾行しながら、ナディアは確信を深めていた。

香水や耳の位置と形のように、根拠があってそう感じたわけではない。ただ何となく、〝勘〟が告げているのだ。

男性は本屋を離れて通りを流すように歩いていたかと思ったら、ふらりと一本奥まった道へと入ってしまった。

その道を進めば、少し治安の悪い地域になる。普通に人は暮らしているが、ナディアたち貴族が暮らす場所とは雰囲気が全く異なる場所だ。

ここで足を止めるべきだろうかと、ナディアは迷った。そもそもひとり歩き自体許されていないのだ。治安が良くないとされる地域へ足を踏み入れるなんて、あってはならないことだろう。

伯爵令嬢として、大事に育てられた自覚がある。その自覚が、こんな危険なことはしてはいけないと警告してくるのだが、走り出した好奇心を止めようがなかった。

ためらい、少し怯《おび》えながらも、ナディアは男性を追って慣れない道を進んでいく。

だがそれは、唐突に阻《はば》まれた。

「きゃっ」

すれ違いざまに向かいから歩いてきた人間に肩をぶつけられたのかと思ったのだが、よく見ると手に提げていたバッグが奪われていた。

気づいて振り返ったときには犯人の走り去っていく小さな背中しか見えなくなっていた。

当初の目的を思い出し慌てて視線を前方に戻すも、追っていた男性も見失ってしまっていた。

脱力すると同時に、ドッと恐怖心が湧いてきた。

今はバッグを奪われただけだったが、相手が刃物を持っていてすれ違いざまに刺されていたら？

もしくは集団で押し寄せてきて、どこかへ担いで運ばれてしまったのなら？

少し考えればそのくらいのことは想像できてしまい、一気に恐ろしくなった。

「……急いで帰りましょ」

ひどくショックを受けているが、それよりも怖さのほうが先に立っていた。このままここにいてはもっとひどい目に遭うかもしれないという恐れが、ナディアを前に進ませた。

バッグを奪われてしまったことは痛い。だが、命まで盗《と》られたわけではない。

去年のナディアの誕生日の贈り物にと、父と兄が相談して選んでくれたという思い入れのあるバッグだが、それを奪われただけで済んだのだから良しとすべきなのだ。

そう自分に言い聞かせながら、ナディアはもと来た道を急いで戻った。

そんなとき、そっと肩を叩《たた》かれた。

怖くて思わず悲鳴を上げて逃げ出そうかと思ったが、ふわっと風が吹いた瞬間、思《おも》い止《とど》まった。

「え……」

「お嬢さん、落とし物だよ」

振り返ると、そこにはナディアが尾行していた猫背の男性がいた。その手には、先ほど奪われたバッグがある。

（……取り返してくれたんだわ）

はからずも、男性と正面から向かい合う格好となった。そして彼の目を見て、胸が激しく高鳴った。

白いものが混じるボサボサの茶髪のカツラを被っていても、上手なメイクで皺《しわ》のある中年男の顔を作っていても、みすぼらしい服を着て猫背にしていても、目の前の男性はやはり憧れのライナルトだった。

変装では、その宝石のように美しい目までは隠すことができなかったのだ。

「ありがとうございます、ライナルト様……あ！」

言ってしまったと思ったときには、もうすでに遅かった。

男性の——変装したライナルトの目には不審の色が浮かび、剣呑《けんのん》な雰囲気になる。

「す、すみません！　人違い、勘違いでした！　失礼しまーす！」

これ以上ライナルトの鋭利な視線に晒《さら》されるのは耐えられないと、ナディアは脱兎《だっと》のごとく逃げ出した。

冴えない男の変装をしていても、やはりライナルトはライナルトだ。

ひったくりにバッグを奪われたときとは別のドキドキに胸が苦しくなり、ナディアは書店までの道を駆け戻った。

「あ！　お嬢様！　どこに行っていたのですか……！」

書店まで戻ると、店の前でレオナが血相を変えていた。主人であるナディアの身に何かあったのかと思って、きっと今まで生きた心地がしなかっただろう。

「ごめんなさい……ちょっとふらっと店の外に出たらひったくりに遭ってしまって」

「バッグが無事ということは……まさかお嬢様、ご自分で取り返したのですか？」

「ええ、まあ……そんなところよ」

実際のところは違うのだが、レオナに嘘《うそ》をつかずに話せるのは、せいぜいこのくらいだった。

ライナルトを見かけて追いかけたことについては、彼女に話すわけにはいかない。というより、彼の変装を見抜いてしまったことには、墓まで持っていくべきだろう。

（絶対だめ。誰にも話せない。きっと彼に消されてしまう……！）

レオナに小言を言われながら家に帰り着く間も、ナディアはずっと生きた心地がしなかった。

ライナルトが何のために変装なんかしていたのかはわからないが、ナディアは彼の秘密を知ってしまったのだ。

推しの新規情報ゲットなどと喜べない事態に、ずっと嫌な予感がして胸騒ぎが収まらなかった。


その嫌な予感が的中したのは、それから数日後のこと。

ナディアはローレに呼び出され、彼女の屋敷に来ていた。何でも、合同誌について相談したいことがあるのだという。

合同誌についての相談ならとても大事なことだし、何より同士からの呼びかけにはいつだって馳《は》せ参《さん》じたい。

ネットや電話で気軽にやりとりできる時代ではないのだ。相手がわざわざ手紙を送って日時を決めて呼び出してくれたのなら、応じないわけにはいかない。気軽さがないぶん、一回一回の集まりは貴重なのだ。

ライナルトのことで胸騒ぎはしつつも、書店でお目当ての本をゲットした直後だったから、それを読んで膨らんだアイデアという名の妄想を、早く同士たちと分かち合いたかった。

だからナディアは深く考えもせず、呼び出されるままローレの屋敷へ出向き、そこで待ち受けていたものに目を疑った。

「こちら、この倶楽部に入りたいとおっしゃるライラ嬢よ。つい最近留学から戻られたそうで、まだこちらにあまりお知り合いがいらっしゃらないとのことなの」

そう言ってローレが紹介したのは、銀髪が目をひくすらりと背の高い女性だった。長い前髪で目元をやや隠し、口元に扇子を当ててるその様子は奥ゆかしくて控えめな印象を与えてくる。

そのミステリアスな様子に、倶楽部のメンバーたちはみんな惹《ひ》かれているようだった。アグネスなんてすごい食いつきようで、「この方、絶対に同士だわ」とはしゃいでいる。

(確かに、〝私たちっぽさ〟は出てるけど……)

そのライラという女性を注意深く眺めながら、ナディアはすでに気がついてしまってい

た。

目の前の彼女が、ライナルトの女装姿であると。

他の人たちの目は騙《だま》せているようだが、ナディアの目は誤魔化《ごまか》せない。というより、銀髪のまま現れたのは、もしかしたら宣戦布告のつもりなのかもしれない。

(耳の形と香りがやっぱり一緒なのよ!)

そんなことを思いながら、にこやかに自己紹介をするサロンの中でただひとり、ナディアは冷や汗をかいていた。

どうやってかはわからないが、ライナルトはあの日自分の正体を見破ったナディアのことを突き止めた。そしてその上、この秘密の倶楽部のことまで調べ上げたのだ。

そんなことができるのなら、いきなり家まで来ることもできたはずだ。それをせず、秘密の倶楽部にこうして押しかけてきた理由は何なのだろうか。

考えても答えが出ず、緊張感が走る。

もちろん、他の人たちは新しく入ったメンバーを歓迎する雰囲気で、ライラに好きなものを尋ねたり、各々好きなもののプレゼンをしている。

ナディアだけが、生きた心地がせずに上の空でみんなの会話を聞いていた。

「それで、ナディア嬢は何がお好きなのですか?」

気がつくと全員が自己紹介代わりの推し語りが終わっていたようで、ライラがそう水を向けていた。

その場にいる全員が「さあ、あなたの番よ」という顔で見てくる。

ナディアが好きなのは、ライナルトだ。その本人を目の前にして好きなポイントを語るだなんて、何かの罰なのかと思えてくる。

実際にこれは、天罰なのかもしれない。

実在の人物を題材にして創作をすることは、前世の世界でもややタブー視されていた。やってもいいが徹底的に秘匿しろ、間違ってもご本人やファンの耳目に触れさせることがあってはならない――それが暗黙のルールでありマナーだった。〝生モノ〟と呼ばれ、同じオタクの中でも若干線引きされて扱われる存在だった。

そのことについては前世でも肝に銘じていたはずなのに、よりにもよってご本人の知るところとなってしまった。

それもこれも、自分の失態が招いたことだ。ナディアは、あの日の迂闊《うかつ》な自分を詰りたい気分になっていた。

「えっとですね……とある方を大変好ましく思っておりまして……この会では、R様とお呼びしているのですが……」

「へえ、R様とおっしゃるの。どのような方なのですか？」

何とかぼかして話すことでお茶を濁せないかとナディアは考えたのだが、扇子の向こうからライラが鋭い視線を向けてきているのに気がついた。絶対に逃さないという強い意志を感じ、ナディアは思わず小さく身震いする。

「どのような方かと聞かれると、直接お話をしたことがないので難しいのですが……とても美しい方なんです。銀の髪と青い目がよく似合う方で、氷のように、あるいは冬の夜空に浮かぶ月のように研ぎ澄まされた印象のある方で……」

本人を目の前にして褒め言葉を口にするのは非常に気まずかったが、他のメンバーを前に手加減することはできない。だから、いつもと同じ調子でライナルトについて語ったのだが、それで解放してもらえる気配はない。

「銀の髪……わたくしとお揃《そろ》いですね」

「え、ええ……そうですね」

ライラは指先で毛先を弄ぶようにして、しゃあしゃあとそんなことを言う。この前のカツラよりも地毛に近い色を使っているぶん、馴染みがいいようでよく似合っている。女装の違和感がないのは、本当にすごいと思う。

「そういえば、ローレ様からみなさんの作品を見せていただいたのですけれど、ナディア嬢はとても絵が上手でいらっしゃるのね。これまで見たことがないような独特のタッチなのですけれど、それでも特徴をよく捉えているというか……このR様というのは、社交界で噂のシュバルツアール公爵でしょう?」

にっこりと友好的な雰囲気を出しつつの質問ではあったが、ナディアは〝踏み込まれている〟と感じた。揺さぶりをかけるつもりなのか、あるいはすべて知っているという宣告なのか。わからないが、家宅捜索を受ける容疑者はこんな気持ちなのかしらと、白目を剝《む》きそうになりながら思う。

そんなとき、アグネスが助け舟を出してくれた。

「そうなんです！　やっぱり、ナディアさんの絵はとてもうまいから、名前を伏せてもすぐにわかってしまいますよね！　一応、外に漏れないように名前を伏せているので、そのあたりの気持ちは汲《く》んでやってください」

ライラの言葉に同意しつつも、アグネスは釘を刺してくれた。おそらく、ナディアがうまく返事ができないのを、ライラの配慮のなさにあると思ったらしい。

実際はご本人を目の前にして趣味を暴かれ焦っているだけなのだが。

「まあ、そうだったのですか。では、今後はR様とお呼びいたしますわね。それにしても……本当によく描けていますわ」

ローレに見せてもらったという絵を思い出しているのか、ライラは嚙《か》みしめるように言った。

それを聞いて倶楽部のメンバーは打ち解けるチャンスだと思ったのか、次々と口を開く。

「ナディアさんはすごいんですよ。特徴を捉えるのがうまくて、簡単な似顔絵ならサラサラっと描いてしまえるんです」

　そう言ったのは、ゲルダだ。彼女は自分が緻密な絵を描くぶん、いわゆる漫画的表現である線の簡素なナディアの絵を評価してくれている。ただ単にこの世界にない漫画的表現の絵だから、物珍しくて過分に評価されているのだろうが。

「まあ、似顔絵を？　すごいのね……」

　ゲルダの話を聞いて、ライラは興味深そうにナディアを見つめた。彼女（彼？）が何を考えているのかわからないから、微妙な笑顔で応じるしかない。

「ライラ様も今度描いてもらったらいいですよ。私、前に描いてもらった似顔絵がとても可愛くて……お気に入りで額に入れて飾っているのです。それを見たら、自分の顔のことを好きになれるから」

　そうやって少し照れたように言うのは、カトリナだ。自分の目つきの鋭さを気にしていたから、彼女の持つ美しい顎のラインと豊かな下睫毛《まつげ》を強調して描くとひどく喜ばれた。

「私なんて、親がナディアさんが描いてくれた似顔絵をお見合いに使おうかと言い出すほどなんですよ。でも、そのほうが美人と言っていただけそうな気もします。作戦としてはアリですわね」

　そんなことをヨハンナが冗談めかして言った。それを聞いて、ライラがますます興味を持ったのが気配でわかった。

「お部屋に飾りたくなってお見合いに使いたくなるほどの腕前……今後仲良くなれたら、ぜひ描いていただきたいですわ」

ライラはそう言って、優雅に笑った。

つまり、今後も倶楽部に顔を出してやるからなという宣言なのだと、ナディアは受け止めた。

「よ、喜んで……」

逃げ出したいがその術がわからず、震えながら返事をするしかなかった。

そうして地獄のような倶楽部の会合が終わり、解散の時間となってようやくほっと息をつけると思ったのだが。そんなに話は甘くなかった。

「あの、もう少しナディア嬢とおしゃべりしたいのですけれど」

自分の家の馬車に乗り込もうとしていると、そう言ってライラに声をかけられた。逃げられないように、そっと腕を摑《つか》まれている。

「うちの馬車で彼女を送り届けるその間だけですわ。ねえ、いいでしょう？」

そう言ってライラは、いつものように待機していたレオナに許可を求める。使用人に過ぎない彼女は知らない相手とはいえ貴族の令嬢に声をかけられ、断ることなどできない。

「きちんとグライスラー家まで送り届けていただけるのなら……」

「それは安心してください。では」

これで許可をとったと言わんばかりに、ライラはナディアの手を引いて自分の家の馬車へと連れて行ってしまう。

逃げ出したいが、ここで断ったところで逃れられるわけがないと悟り、ナディアは観念して連れられていった。

（この前の変装を見抜いたことを責められるのかしら？　それとも、生モノ創作のこと？）

馬車に乗り込んでからも、これからのことを考えて生きた心地が全くしなかった。一体何を言われるのか、想像がつかないのがとても怖い。

怯えて震えているナディアのことを、ライラ――ライナルトはじっと品定めするように見つめていた。

「……その様子だと、お前は私の正体に気がついているのだな」

二人きりの空間で取り繕う必要がないと思ったのか、ライナルトは低い声で言った。先ほどまで、低めではあっても女性のものに聞こえる声で話していたのに。

いきなり真正面から尋ねられ、ナディアは迷った。今から何とか取り繕うことはできないかと。

だが、向こうが回り道をしながら尋ねてくれたのならそれもできただろうが、こんなに直球で聞かれたら難しい。

イエスかノーかで答えられる聞き方をしてくるあたり、向こうはナディアに逃げ道など用意していないのだ。

「……はい、気づいております」

「変装にはわりと自信があったんだがな」

ナディアが素直に認めると、ライナルトはブスッとした顔でそれに応じた。美女の姿でそんな表情をされると何だかおかしくなるのだが、今は笑っていい雰囲気ではない。

「ちなみに、この前のも今回のも、どうやって正体を見抜いた？」

よほど納得がいかないのか、ライナルトはそう尋ねてきた。これまでおそらく、変装がバレたことはなかったのだろう。それなのにナディアが見抜いてしまったのが、よほど不服らしい。

「……耳と、香水です」

「耳と香水？　もっとわかりやすく説明してくれ」

端的に答えたのだがわかりにくかったらしく、ライナルトの眉間に皺が寄った。美しい人の不機嫌顔を見て思わず「ご褒美！」と思ってしまったが、それを押し隠してナディアは説明しようと努める。

「最初に気づいたのが、香りだったんです。書店で本を見ているときに近くから知っている香りがしたと思ってそちらを見たら、男性がいて、その人をじっと見たら耳の形や位置がライナルト様と同じだなと気づいてしまって……それで気になって、つい尾行してしまったのです……すみません」

言いながら、言葉にするとこんな変態じみたことをしていたのかと自覚させられて、ナディアは逃げ出したくなった。

「香りと耳か」

「えっと……どれだけうまく変装したとしても、人間は耳の位置と形は基本的には変えられないのです。だから……」

「私のことを日頃から観察しているから、気づいたと」

射抜くように見つめられ、ナディアはコクコクと頷くしかなかった。

変装を見抜くほど日頃から観察され、挙句の果てに尾行してくる人物など、不審でしかないだろう。

「ちなみにだが、前回も今回も、いつもの香水は使っていない。今日なんか、わざわざ女物の香水をつけているわけだが」

「あ、本当だ。今日のは白薔薇？　鈴蘭《すずらん》っぽい香りもしますね。いつものは深い森のような爽やかで少し湿った感じの香りなのですが……はっ、すみません」

ライナルトに言われ、ナディアはつい彼の香りを嗅いでしまっていた。感じた香りについて説明するナディアを露骨に嫌そうに見て、彼は心なしか距離を取ってくる。

もう彼の中でナディアは、不審人物以外の何者でもないだろう。

「耳についても香りについても、参考になった。今後の課題としよう」

「あ、お役に立てたのなら、何よりです……」

もしかしたらどうやって見抜いたかの確認をしたから解放されるのだろうかと、ナディアは淡い期待を抱く。だが、そんなうまい話があるわけがなかった。

「初めは敵の手の者かと思ったが……どうやら私のことを嗅ぎまわっているただの小娘のようだな」

「ひっ……」

冷たく鋭い双眸《そうぼう》に睨《にら》まれ、ナディアは縮み上がった。

よく考えれば、変装をして街を歩くような人だ。只者《ただもの》ではない。

その只者ではない人物の秘密を見抜いて無事でいられるわけがないのだと、改めて気がついた。

これから、ナディアは消されてしまうのだろうか。こんなことならしらばっくれて何も話さなければよかったのかと思ったが、おそらく口を割らない場合もただ消されるだけだったのだろう。

（私が消されたら、次は家族？　レオナや、倶楽部のみんなも疑われるのかしら？　どうしよう……）

家族や周囲の人たちまでとばっちりを受けたらどうしようかと考えて、ナディアは恐ろしくなった。

何とか時間稼ぎをして彼らを逃がすことができないかと思うものの、自分がまさに袋の鼠《ねずみ》になっている状態でできることなどない。

「何も取って食おうというわけじゃない。そんなに怯えて縮こまるな」

できる限り馬車の隅にいって震えているナディアを、ライナルトは面白そうに見ていた。その絶対零度の微笑《ほほえ》みを前に、怖いという感情と「新規スチルゲット！」というオタク的喜びがないまぜになって、ナディアは情緒がぐちゃぐちゃになっていた。

「お前、私のことが好きなんだな？」

「……へ？」

ライナルトはぐっと顔を近づけてきて、唐突にそんなことを尋ねてきた。その言葉と間近で見る顔面の美しさが相まって、ナディアは混乱した。

「す、すき？　確かに、好きですけれど……でも、恋する好きではなく、何というか、見るだけでいいというか、見ているだけが一番というか……とにかく、深い意味はありませんので、どうか、お気になさらず捨て置いていただければ……」

「ふーん、好きなのか。じゃあ、私の頼みを聞いてくれるか？」

しどろもどろになっているナディアを、ライナルトは面白そうに見ていた。美女の姿で浮かべるその〝雄《おす》〟っぽさを感じさせる笑みに、ナディアは内心で悲鳴を上げ、「新しいフェチの扉が開いてしまうー！」と叫んでいた。

それが落ち着くと、ようやくどうやら身の危険が迫っているわけではないのだと理解する。

「た、頼み……？　私、消されないのですか？」

「消すって、物騒だな。私は使える人間と面白い人間は好きなんだ」

ナディアの素直な疑問を、ライナルトは面白がっていた。

このセリフは、漫画やゲームの世界で俺様なキャラが自分を翻弄する女性キャラに出会ったときに発する、いわゆる「おもしれー女」発言だ。リアル〝おもしれー女〟をいただいてしまい、ナディアは思わずガッツポーズをしたくなった。

だが、今はそんな場合ではない。

「た、頼みなんて……私なんぞがお役に立てることがあるとは、思えないのですが」

虫が良すぎる話だが、できることならこれ以上彼に関わりたくない。だからナディアはやんわりと、逃げを打とうとする。

しかし、ライナルトは逃すまいとでも言うようににっこり優しげな笑みを浮かべた。

「そんなことはない。お前についていろいろ調べて、お前にしかできないことだと確信したから頼もうとしているんだ」

「い、いろいろ……？」

「そう、いろいろ調べたんだ。お前が仲間たちと集まってやっている倶楽部の活動の存在も、その中身も、すべて調べた。……これを聞いて、自分に拒否権があると思わないほうがいい。もしかすると全員、嫁ぎ先がなくなるどころでは済まないかもしれないぞ」

ライナルトは笑みを浮かべているが、その言葉ははっきりとした脅迫だった。

そうではない作品も多く書いているが、みんなで楽しんでいる創作物の中には前世の世界でいうところのＢＬも含まれている。そんな、男たちがくんずほぐれつしている作品をキャッキャ言って楽しんでいるだなんて、世間に知られるわけにはいかないのだ。

自分が今後結婚できないのはいいにしろ、他の人たちにまで累が及ぶのは嫌だった。

「……わかりました。何をしたらいいんですか？」

「簡単なものでいいから、何枚か似顔絵を描いてほしいんだ」

ナディアが観念したところで、ずっと走っていた馬車が停《と》まった。どうやら、どこかの敷地に入ったらしい。当然、グライスラー家に到着したわけではない。

窓から外を確認しようかとも思ったが、やめにした。何かを知ってこれ以上深みに嵌《は》まるのは、避けたほうがいいと思ったのだ。

「……何を描けばいいんですか？」

「私の、と言いたいところだが。この肖像画の男の似顔絵を何通りか描いてほしい。髭《ひげ》を生やしてみたり、髪型を変えてみたり……変装をしたとすればどんな感じか考えてくれと言えば、通じるだろうか？」

そう言ってライナルトは、どこからか小さな絵を取り出した。その形状や大きさから、もとにある別の絵を写したものなのだろうということがわかる。

「変装ということは、じゃあ髭を生やしたのと、眼鏡と……この特徴的な鼻の印象を変えてみたものがあったほうがいいかもしれませんね」

描くまで解放されないのはわかっていたから、ナディアはカバンから紙と鉛筆を取り出した。こぼれたら困るからさすがにインク壺《つぼ》とペンを持ち歩く勇気はないが、鉛筆ならその心配はないため、いつもカバンに忍ばせてあるのだ。

「変装の定番はやはり眼鏡だと思います。かなり印象が変わりますから。それ以外だと髭、カツラ、帽子ですが、舞台俳優のように顔を塗ってしまうとガラリと顔が変わると思うんですよね。たとえば、鼻が高く見えるように、影をつけたりですね。それから、目頭の距離を近づける、あるいは目尻を長めに描く……これだけでも、目の特徴が変わります」

ナディアは説明しながら、男の顔を紙の上に様々なパターンで量産していった。

前世でメイク動画を見るのも好きだったから、どうやればその人の持つ顔の特徴や印象を変えられるかの知識はある。その知識は絵を描くときにも活《い》かすことができたわけだが、まさか人相書きを作成するために使う日が来るとは思わなかった。

「……うまいものだな」

じっと黙って見守っていたライナルトが、思わずといった様子でもらした。こちらを気遣って発した言葉ではなさそうなぶん、本音に近いのだろうなと思うと、ナディアは嬉しくなった。

「これでお役に立てるかどうかはわかりませんが、どうぞ……」

「いや、とても助かる」

描き上がったものをナディアが差し出すと、ライナルトは満足した様子でそれを受け取った。それと同時に合図を出して再び馬車は走り出し、ようやく帰れるのだとナディアはほっとした。

「絵描きにこういった仕事を頼んでも、あまりうまくいかなかったんだが、これなら役に立ちそうだ」

ナディアの仕事はかなり気に入るものだったようで、ライナルトは受け取った絵を感慨深げに眺めていた。

何かの事件の犯人を見つけ出すためのモンタージュは、あまりうまくないほうがいいと聞いたことがある。もしかしたらそれと同じ理由で、ナディアの絵は評価されているのかもしれない。

そのまま特に話すこともないまま、馬車は静かに走り続けた。

ライナルトが絵に集中しているのをいいことに、ナディアはその美しい顔を好きなだけ眺めた。

（とっ捕まったときはどうなることかと思ったけど……この距離でご尊顔を拝めるなんて最高すぎるわ！　帰ったらすぐにこの記憶を描き残しておかなくちゃ！）

馬車がグライスラーの屋敷につくまで、そんなことを暢気《のんき》に考えていた。

「その絵の人物が誰なのかとか、何に使うか聞かないのだな」

馬車が屋敷に到着し、お礼を言って降りようとするナディアをライナルトは呼び止めた。

その顔に浮かぶ不敵な笑みに、ナディアは背筋がぞわりとした。

敵にすると怖い人なのだなと改めて思うし、味方にもしたくないから距離を置きたい。

「……知らないほうが安全なことって、たくさんあるんです」

今しみじみと身をもって感じていることを口にすれば、ライナルトは面白そうに笑った。

「賢いな。賢い人間は嫌いではない。ではまた、ナディア・グライスラー」

ライナルトが馬車を降りたナディアを見送ると、彼を乗せた馬車はまた走り出した。

「お嬢様、ご無事ですか？」

馬車が敷地から出ていったくらいに、どこからかレオナがすっ飛んできた。その様子を見る限り、またも心配をかけてしまったのだろう。

「今日初めて倶楽部に来た方に気に入られて、似顔絵を描いて差し上げていたのよ」

嘘をつかず何とか真実っぽい部分だけを伝えたのだが、レオナの眉間には心配そうな皺が寄ったままだった。

「あの……先ほどの方から、男性の声がしたのですが……」

「あ……」

レオナがバッチリ彼との会話を聞いてしまっていたことが判明し、ナディアは焦った。見た目と声の落差に、きっと頭が混乱しているのだろう。これは無駄な隠しだてをするほうが余計な心配をさせてしまいかねない。

「……今から内緒話をするから、とりあえず私の部屋へ戻りましょう」

屋外で立ち話で説明するようなものでもないと思い、ナディアはひとまずレオナを落ち着かせることにした。

すると彼女は有能なメイドらしく、お茶の準備をしてから部屋に向かうと言って去っていった。

それからほどなくして、彼女はティーセットを手にナディアの部屋にやってきた。その様子は、先ほどより落ち着いて見えた。

それでも驚かせないようにと、なるべく無駄を省き、順を追って説明していく。

だが、どうあがいてもショックを受ける内容だったらしく、レオナは聞き終えてから頭を抱えていた。

「……つまりは、シュバルツアール公爵の変装を見抜いて尾行までしてしまったがために彼に目をつけられ、厄介事に巻き込まれたということですね？　香りで特定するって、一体どんな変態なんですか……」

レオナはひどくショックを受けている様子だ。主人が厄介事に巻き込まれたことなのか、あるいは主人があまりにも変態なことか、彼女がショックを受けているのはどちらだろうかと気になるのだが、確認する勇気はナディアにはなかった。

「厄介事、なのかなぁ」

自分がライナルトと接点を持ったということが未《いま》だに信じられず、どこか暢気に聞こえる口調でナディアは言う。

見ているだけでいいと思っていた相手だ。住む世界が違う人間と束《つか》の間《ま》接点を持っただけで、互いの人生が再び交わることはないのではと、ナディアは思ってしまう。

だが、レオナはそうは思わないらしく、心配と苛立ちの滲《にじ》む顔をしていた。

「絶対にまた、近いうちに訪ねてこられると思いますよ。お嬢様は公爵の興味を引いてしまったようですから」

「そうかしら？　私なんて数多《あまた》いる小娘のひとりとしか思われてないわよ。描かせた絵だって、社交辞令で『役に立つ』って言ってくれただけだろうし」

深刻に受け止めるレオナに対して、ナディアはどこまでも楽観的だ。

というより、緊張から解放されたせいか、先ほどまでのことをどこか夢でも見たみたいな気分でいるのだ。

そんな主人を、有能なメイドは半分は心配、半分は呆れたような表情で見つめていた。

「興味を持たれてなくても、お嬢様に利用価値を見い出していなくても、自分の変装を見抜いた人間には今後も監視をつけると思いますけどね……」

お茶の給仕をしながら、レオナは不安そうに言う。

お茶を飲んですっかり人心地がついたナディアは、彼女の言葉を笑って聞き流していた。

「推しと言葉を交わせる好機なんて、人生にそう何度も訪れるものじゃないわよ。そんなことより、せっかく間近で見ることができたあの美しいお顔を、忘れないうちに描きとめておかなくちゃ」

緊張が解けて浮かれ気分しか残っていないナディアは、レオナの心配をよそにその夜はすっかりお絵描きに夢中になっていた。

一度創作意欲に火がつくと、それればかりになってしまうのがナディアの性《さが》だ。頭にあるのは、合同誌のことだけになった。

そして合同誌に何を書くのかや、推しであるR様とどんなキャラクターを組み合わせるかを夢中で考えて過ごしてすっかり腑《ふ》抜《ぬ》けになった頃、ライナルトがグライスラー家を訪ねてきたのだった。

第二章

「会いたかったよ、ナディア嬢。君にお礼を言いに来たんだ」

ある日ナディアが友人とのお茶会から帰宅すると、花束を抱えたライナルトに出迎えられた。

秘密の倶楽部にライラの姿でやってきてから、数日後のことだ。

ライナルトの訪問に、グライスラー家は沸いていた。

使用人たちはそわそわと浮足立ち、両親は揃って嬉しそうにしている。ナディアが帰ってくるまで、彼らがライナルトの相手をしていたのだろう。すっかりほだされているのが、その様子を見ればわかる。

年頃の令嬢を訪ねてきた美貌の公爵を前に、両親や使用人たちが喜ぶのは無理はない。

ただひとり、事情を知っているレオナだけが渋い顔をしていた。

「え……お礼って……？」

どうしたらいいかわからず呆然《ぼうぜん》としているナディアの前に、興奮した様子の両親が進み出てきた。

「ナディア、この前公爵が街で困っていたときにお前が助けて差し上げたらしいな。お前のおかげで逃げた犯人を捕まえることができたと、とても感謝してらっしゃるんだ」

「ぼんやりしたあなたがそんな勇気ある行動をしていたなんて、お母様誇らしいわ」

そう言って父はナディアの肩を抱き、母は手を握ってきた。彼らの顔には「でかした」と書いてあり、このままうまく話を進める気満々だ。公爵とお近づきになり、あわよくば嫁がせられないかと考えているのが手に取るようにわかる。

どうやらライナルトは、ナディアが自分の恩人だと説明したらしい。

実際のところは、こちらが弱みを握られまくりのまずい状態で、恩も何もあったものではない。

だが、ここでそれを訴えたところで、彼らは聞く耳を持たないだろう。何より、家族の前で秘密をぶちまけられても困る。

こういう形で家族を取り込んでしまえばナディアが身動きがとれなくなると踏んで、ライナルトもやってきたに違いない。

「グライスラー伯爵夫妻ともっとお話したいのですが、ナディア嬢が戻られたので、そろそろ本日の一番の目的を果たしても構いませんか?」

ライナルトがそう茶目っ気たっぷりに言うと、ナディアの父母はとても嬉しそうにする。

〝一番の目的〟とやらを、彼らには知らせてあるのだろう。

「ナディア、これからシュバルツアール公爵が先日のお礼に、ドレスを仕立ててくださるそうよ」

「え？」

「素敵なお誘いじゃないか。行っておいで」

母からの説明に戸惑っていると、父に背中を叩かれる。二人とも、娘が素敵な殿方にデートに誘われたと思って喜んでいるのだ。

だが、ただお礼を言われるだけでなく何かをもらうというのは恐ろしくて、ナディアはぶんぶん首を振って拒絶した。

「そんな！　お礼の品だなんていただけません！　お役に立てたことだけで光栄の極みなので！」

あくまで当たり障りのない言葉を口にしているが、内心は「もう関わりたくありません！」と叫んでいる。

そんなナディアを見て父母は「この子はなんて欲がないのだろう」という顔をしているし、ライナルトは上品な笑みの下に不敵さを隠している。

「何て慎《つつ》ましやかな女性なんだ……そんな君にだからこそ、私は贈り物をしたいのですよ」

そう言って、ライナルトは跪《ひざまず》いてナディアの手に口づけた。

その絵になる素敵な振る舞いに、母は小さく悲鳴を上げ、父まで乙女のような顔になっている。

ライナルトが腹黒な俺様キャラだと知らない人にとっては、とても魅力的な振る舞いに見えたことだろう。

だが、彼が他人のことを〝君〟ではなく〝お前〟と呼ぶような人間だと知っているナディアは、父母のように喜ぶことはできなかった。それでも、ときめくのは止められなかったが。

「……わかりました。お言葉に甘えさせていただきます」

これ以上抵抗しても無駄だろうと、ナディアは申し出を受けることにした。するとライナルトは立ち上がり、恭しくナディアの手を引く。

「それでは、行きましょうか。夜遅くなる前には送り届けますので」

ナディアの父母に最後まで媚《こび》を売ることを忘れず、ライナルトは歩きだした。

心配そうなレオナと目が合ったが、ついてきてもらうわけにはいかない。

先日と同じくまたひとりでライナルトに対峙《たいじ》せねばならないのだと、覚悟を決めた。

「この前描いてもらった絵が本当に役に立ったんだ。だからその礼だ。気にするな」

馬車に乗り込むや否や、優しげな貴公子の仮面を脱ぎ捨ててライナルトは言う。甘い雰

囲気の貴公子然とした姿よりもやはりこちらが自然だと、ナディアは妙に納得してしまった。

「あの……本当にお礼とか、いいんですけれど」

「お前のためじゃない。お前の手持ちのドレスでは潜入に不向きだろうから、それ用のものを仕立てにいくだけだ」

「……せ、潜入？」

改めてお礼を辞退しようとしたのに、とんでもない情報を耳に入れられてしまった。また知ってはいけないことを知らされたのだとわかって耳を塞いでも、もう遅かった。

「私は、というよりシュバルツアール家は、代々〝国王陛下の耳目《じもく》〟なんだ」

「あー！」

「そのため、特例的に我が家は生前譲位が認められていて、父が存命中にもかかわらず私が爵位を継いでいる。とはいえ、表向き父は亡くなったことになっているがな」

「あー！　あー！」

「ちなみに今、父は後進の育成、母は王宮で女官たちの教育をしている。表舞台から姿を消しても、できる仕事はたくさんあるからな」

「あー！　聞こえないーー！」

ナディアが耳を塞いで必死に聞くまいと抵抗しても、ライナルトはペラペラと自分や公爵家についての情報を喋《しゃべ》った。

　聞かなければ、知らなければ無事でいられると思っていたのに、これでは逃げ場がなくなってしまった。

　つまり、彼はそれが狙いということだ。

「……そんなにご自分の秘密をペラペラと喋ってしまっていいのですか？　私がこれを外で誰かに話したらとか、そんなことを考えないのですか？」

　何てことをしてくれたんだと思って軽く睨むと、ライナルトは楽しげに微笑み返してきた。その余裕の表情を見れば、これもすべて彼の策なのだろう。

「お前は誰にも喋らないだろう。私に秘密を握られているからというのもあるが、それでも喋る奴《やつ》は喋ってしまう。だが、お前が喋らないのは、そういう性分だからだ」

　確信に満ちた口調で言われ、ナディアは戸惑った。口が軽いと思われていないのは光栄だが、絶対に秘密を守れる質《たち》かと聞かれると自信がない。現に、レオナには仕方なく話してしまっている。

「……メイドには話してしまいましたが。なので、厳密には誰にも話していないわけではありませんよ」

「だろうな。だが、誰になら話して大丈夫かの判断ができるあたりも評価している。少なくともお前は、周囲の者より優位に立ちたいという欲求を満たすためにペラペラと人の秘密を話して回る性格ではないということだ。それは評価に値《あたい》すると私は考えている」

その言葉に偽りはないらしく、ライナルトの目に浮かんでいるのは好意的な感情だ。

〝おもしれー女〟とそこには書いてある気がして、ナディアは思わず身震いする。

この美しい顔は好きだが、こんな人に気に入られるなんて厄介だと。

「まあ、私は比較的におしゃべりではないほうかもしれませんね……でも！　だからって！　ライナルト様やシュバルツアール家の秘密を教えられても困るのですが！」

こんなこと知りたくなかったと、怒りと戸惑いを込めてナディアは叫ぶ。だが、それを聞いてもライナルトはニコニコするばかりだ。

「これで逃げられなくなったな」

「〜〜〜〜っ」

とんでもなく美しい顔で、とてつもなく好みの顔で、にっこり微笑まれてしまってナディアは声にならない悲鳴を上げた。

心の中は、「なんてことをするんだこの野郎」という気持ちと、「この顔大好き！」という気持ちが入り混じり、ぐちゃぐちゃになっている。

「さてと。お目当ての店に到着したから、これからどんな魔法をかけるか検討していきましょうか、お姫様？」

「うぅ……」

馬車が停まると、先に降りたライナルトがとびきりの笑顔を浮かべて手を差し伸べてきた。

この極上の美貌が、意識して王子様のような振る舞いをすれば、乙女心なんて簡単に撃ち抜かれてしまう。

ナディアはときめくまいと必死に抵抗するのだが、彼の手を取って馬車を降りただけでだめだった。

（うっ……お姫様にされちゃう……！）

ときめきは限界突破。気分はプリンセス。

地面に下り立ったあとは流れるように腰を抱かれ、店の中へとエスコートされていった。

その段階で抵抗するための気力はゼロだ。あとはなすがまま、ドレス選びが始まってしまう。

ライナルトは店主を呼びつけると、何やら指示を出している。その指示に従って、店の奥から多種多様なドレスが集められた。

「潜入先で正体がバレないようにするには、日頃と全く異なる印象のものを身に着けるのが基本だな。というわけで、赤なんてどうだ？」

そう言ってライナルトは、真紅のドレスをナディアに当ててみる。明らかに不釣り合いな華美なドレスを当てられ、ナディアは顔をしかめた。

「確かにこういった色は日頃から着ませんが……あまりに似合わなすぎて浮いてしまって、潜入に差し障りがありませんか？」

「派手な仮面で顔を隠すから、その心配はない。それにその日は私が化粧もしてやるから、似合うように仕上げるさ」

「……そうですか」

地味な自分の容姿をつい卑下してしまったが、それに対する慰めは当然なく、むしろそんなことは問題にならないとすら言われてしまった。

慰めを期待してはいなかったが、そんなふうに言われると拗《す》ねたくなってしまう。

「……仮面舞踏会で姿を好きなように変えられるのなら、別に潜入するのは私じゃなくていいんじゃありませんか？」

次々と派手な色のドレスを当てては肌映りを確認しているライナルトに、ナディアはボソッと言ってしまった。

エスコートされたその瞬間は浮かれてしまったものの、どうでもいい扱いをされれば心は沈む。というより、現実に引き戻されてしまったのだ。

「ナディア、拗ねているのか？」

「え、別に……」

黙ってじっとされるがままになっていると、ライナルトが顔を近づけて目を覗《のぞ》き込《こ》んできた。宝石のような美しい青の瞳に、ナディアは自分の顔を見つける。

「お前、まだわかっていないのか？　お前の変装を見抜く目は特別で、私はその能力を買っている。潜入先に着せていくドレスなんて、真にお前に似合っているかどうかなんてどうでもいいから、さっきのような言い方をしただけだ」

子供の駄々《だだ》っ子を叱るような口調で言われたから、ナディアは何も言い返せなかった。

実際、ナディアは十八歳で、ライナルトは二十六歳だ。彼にとってナディアは、ただのそのへんにいる小娘としか映らないだろう。

だが、ライナルトはその小娘の機嫌をとろうとしてくれているらしい。

「潜入用のドレスはこのへんでいいとして……次は、〝お礼〟のドレスを選ばないとな」

「え……」

「お前は髪色も明るいし肌の色もきれいだから、淡い色もいいんだが、背伸びするならこのあたりの色がいいんじゃないか？」

戸惑うナディアをよそに、ライナルトは今度は可愛らしい意匠のドレスを手に取り始めた。

薄紅色や珊瑚《さんご》色、若草色などの若い娘に似合う淡い色合いのものをひとしきり手に取ったあと、深く鮮やかな青色のドレスをナディアの肌に当ててみた。

（これ……ライナルト様の目と似てる色だ）

前世から、推しの持つ色合いやテーマカラーのものを身に着けるのがオタクの嗜《たしな》みとして染みついていた。だから、彼の目の色と同じ色のドレスを見つけて、内心とても嬉しくなっていた。

推しの色を身に着けるというのは、やはり気持ちが高ぶるものだ。

ナディアの機嫌がよくなったのに気づいて、ライナルトは笑った。

「よく似合っているし、気に入ったみたいだな。——私の目と同じ色だ」

「……！」

彼の不敵な笑みにドキリとしてしまい、ナディアはうまく言葉を返せなかった。

よく考えたら、推しと間近で顔を合わせているだけでなく、推しにドレスを選んでもらっているのだ。

こんな幸運あっていいのかと、ときめきと興奮が同時に訪れて心がどうにかなってしまいそうだ。

その荒ぶる気持ちを鎮めるために、ナディアは推しであるライナルトに手を合わせた。

「なんだ？　その妙な姿勢は？」

「荒ぶる心を鎮めております」

「荒ぶる、心……？　何か怒らせるようなことをしてしまったのか？」

「いえ、そうではなく……喜びとときめきと尊さが限界値を超え、それが雄叫《おたけ》びや吐血となって口から飛び出していかないように、こうして感謝の気持ちを込めて手を合わせているだけですので」

推しを前にして情緒が不安定になっているオタクそのものの行動に、ライナルトはあきらかに戸惑っていた。それでも、ナディアは拝まずにはいられなかった。

「じゃあ、ドレスが仕上がったらグライスラー家に届けさせる。潜入の日時は、追って知らせるからな」

ドレスを注文し、ナディアを無事に送り届けると、ライナルトはそう言って去っていった。

すっかり夢見心地になって、最後はただの推しを前にしたオタクと化していたナディアだったが、その言葉で現実に引き戻された。

「そっか……仮面舞踏会に連れて行かれるのだわ、私」

とはいえ、一体何をさせられるのかわからないまま、ただ呼び出しを待つだけの日々を過ごすしかなかった。

そして迎えた当日。

ナディアは変装したライナルトに肩を抱かれ、潜入先へとやってきていた。

潜入決行のXデーについて手紙などで知らされることは当然なく、彼は唐突にグライスラー家に迎えに来た。

「この前贈ったドレスでどうか私と出かけていただけませんか？」

そう気障《きざ》な仕草つきで父母に伝え、情熱の一点突破で連れ出してしまったのだ。

父も母も、ライナルトがナディアに夢中で、礼儀も作法もすっ飛ばしてデートに誘いに来たのだと勘違いして、それを好意的に受け止めてしまったようだった。

贈られたあの青いドレスに身を包み、ホクホク顔の両親に見送られてナディアは家を出た。

それからシュバルツアール家の屋敷に連れて行かれ、例のこの前仕立てたドレスに着替えさせられた。さらに派手なアクセサリーをつけさせられ、きつめの化粧を施される。

「耳が印象に残りにくいようにするには、他に目が行くようにすればいいんじゃないかと思ってな。大きめの耳飾りをつけて、唇を真っ赤にして、おまけにここにほくろを描けばいいだろ」

そう言ってライナルトに変装させられたナディアは、わざと厚ぼったく描かれた真っ赤な唇とそのそばのほくろが何だか艶《なま》めかしい姿になっていた。

淑女というより歓楽街が似合うその姿だ。

「金持ちの助平親父に買われた年若い娼婦《しょうふ》という設定でいくから、初々しく振る舞いつつも私にしなだれかかって離れるなよ」

会場入りする前、ライナルトにそう指示された。そう言うライナルトは、茶髪のウェーブがかったカツラを被り、皺に見えるメイクを施してセクシーな感じの中年男性に扮《ふん》している。

二人とも仮面を被ってしまえば、確かに金持ちの助平親父と年若い娼婦にしか見えない。だが、見た目は装えてもうまく振る舞えるかどうかは別問題だった。

ライナルトに腰を抱かれて歩きながらも、ナディアはどうしたらいいかわからず体を硬くしていた。

格好を取り繕ったところで、中身は世間知らずの小娘だ。淑《しと》やかであれと育てられたナディアに、そのような振る舞いが簡単にできるわけがなかった。

会場となっているのは、古い屋敷だった。古城を思わせる豪勢な造りだが、それゆえ維持が難しく、持ち主が手放したのだろう。そして誰かが秘密裏にこれを手に入れ、夜な夜な怪しげな集団が集まる会場にされているようだ。

屋敷の中は仄《ほの》かに照明が灯《とも》され、薄暗いためより一層怪しさが増していた。そこに仮面の男女が集まっている。

何か香が焚《た》かれているのか、それとも各々がつけている強烈な香水が混じり合っているのか、会場内はむせ返るような香りに満ちていた。

そのせいで、ナディアは思わずくらりとする。

「私にしっかりしなだれかかっていろと言っただろう」

倒れないよう腰を支えたライナルトが、たしなめるように耳打ちしてきた。あまりの距離の近さに、ナディアは身をよじる。

「……しなだれかかるって、そんな、簡単に言われても……」

「男に何かおねだりするときみたいに甘えたらいいんだ」

「そんなこと、したことありません」

ナディアが身近に接する男性といえば、父と兄しかいない。淑やかだといえば聞こえがいいが、ようは色っぽい話など一切ないということだ。

「そうか……それならお前が相応《ふさわ》しく振る舞えないぶん、私がより助平親父になるしかないな」

「えっ……」

ライナルトはナディアの腰を容赦なく引き寄せ、体を密着させた。そんなことをされれば、ナディアは倒れ込まないように彼にしがみつくしかなくなる。

傍目《はため》から見れば、助平親父に甘える娼婦のできあがりだ。

「怪しい動きをする人物がいたら、そいつの背格好や耳の形をよく見ていてくれ」

耳元で潜入の目的を知らされたが、ナディアはそれどころではなかった。

変装しているとはいえ、相手はライナルトだ。推しに体を密着され、正気でいられるわけがない。

だが、ナディアの心臓が激しくドキドキして口から飛び出しそうになっていることなどライナルトは気づきもしない様子で、会場内を練り歩きながら適当に招待客たちと雑談を交わしている。

ナディアはそんな彼のそばで、恥ずかしそうにもじもじしているだけだったが、今のところそれで特に問題はなかった。

しかし、唐突に気分が悪くなった。その原因は、とある男性から発せられるにおいだった。

（……何だろう、これ？　きつい体臭に、独特な香水が混ざってる感じ？　でも、あの人の周りの女の人たちは平気そう……）

その男性は、百年前に流行《はや》った貴族の紳士のようなカツラを被っていた。仮面で目元を隠しているが、それでも口元や顎のラインは整っていて、そこしか見えないせいかひどくセクシーに映る。

だからなのか、彼はたくさんの女性たちに囲まれていた。モテモテというやつだ。彼は自分を囲む女性たちを順に肩を抱き、髪や頬《ほお》を撫《な》でて可愛がっていた。これが本物の〝爛《ただ》れた雰囲気〟かとナディアはやや興味を惹かれて見ていたが、近くにいるといよいよ気分が悪くなってきた。

「大丈夫か?」

話し込んでいたライナルトが、ナディアの異変にようやく気がついてくれた。

「……すみません、吐き気が」

「わかった。飲み物をとってきてやるから、少し待っていろ」

ナディアが正直に打ち明けるとライナルトは怒る様子もなく、人が少ない場所にまず連れて行ってくれた。

柱の陰まで連れて行ってもらえると、やっと息ができる気がした。強烈なにおいに気分が悪くなったのかと思ったが、人が多いところで酸素が薄いのも原因だったのだろう。

それに、不慣れないかがわしい雰囲気にあてられたのもあるのかもしれない。

(怪しい人間を見たらよく見ておくようにって言われたけど……ここにいる人たちはある意味全員怪しいわ)

柱に背中を預け、脱力するようにナディアは思う。

仮面舞踏会は、みんな女性同伴か、会場で見つけた女性と一緒にいる。つまり、そういうことが目的で、そういう雰囲気に満ちているということだ。

みんな妙に浮ついて、高揚して、それが怪しさになっているように感じられる。

まだ恋人すらいたことがないナディアにとっては、そんな濃密な〝男女の気配〟は人酔いしてしまうには十分だった。

できることなら、早く帰りたい。気分が悪いのはもちろんだが、何となく両親に対して後ろめたい気分になっていた。

両親はナディアがデートに行っていると思っているから、少々帰りが遅くても問題にはならないだろう。もしかしたらそれだけ関係が深まったのかもしれないと、喜ぶかもしれない。

だが実際は、ライナルトとは何でもないのだ。ただ利用価値を見い出されてここに連れてこられただけだ。

（……これは本気で婚活を焦らないと、結婚できないかもしれない）

ぐるぐると考えるうちに謎の焦りが生まれ、ナディアは別の意味で気分が悪くなってきた。

そんなとき、近くをコソコソと通る人物が目に入った。

よく見ると、二人連れの男性だ。会場内では男女の組み合わせばかり見ていたから、彼らの姿は目を引いた。

男性二人はナディアが見ていることには気がついていないようだったが、人目を避けるようにコソコソしていた。

（もしかしてこれが、ライナルト様の言っていた〝怪しい動き〟ってやつかしら？　でも……）

十分怪しく思いつつも、そう断じることに少しためらいがあった。男女の組み合わせは当たり前に思うくせに、男性二人の組み合わせを〝怪しい〟と思うのは偏見ではないのかと。

どっぷり浸《つ》かっているわけではないが、前世も今も多少はボーイズラブを嗜む者だ。だから、現実と創作を混同しないまでも、偏見なく受け入れるべきなのではという気分でいる。

男性二人組についてどう受け止めるべきかナディアが戸惑っている間にも、彼らは廊下の奥を進んでいった。このままでは見失ってしまうが、ひとりで追いかける勇気はない。だから、ナディアはライナルトを探しに行くことにした。

会場に戻ると、彼はすぐに見つかった。女性を両脇に侍《はべ》らせた男性に捕まって立ち話をしている。

その片方の女性が、ライナルトの肩をツンツン突いていた。それを男性は笑って見ている。

何となくムカムカして、ナディアはそばへ駆けていって彼の手を引いた。

「遅いです！」

「あ、ごめんごめん。すみません、この子は甘えん坊で」

ライナルトは、立ち話をしていた相手にそんなことを言って暇《いとま》の挨拶を告げていた。そのことにも少し苛立ちながらも、当初の目的を忘れてはいないため堪えた。

「……どうした？」

「怪しげな二人組の男性が、人目を避けてこの廊下の奥へ向かいました。その……ただの男性カップルの可能性はありますが」

先ほどの人気のない柱の近くまで戻ってくると、ナディアは声を落として報告した。

ここまでライナルトの手を引いてやってきてしまったが、さっきの彼らが本当に怪しいかどうかはまだ自信がなかった。

だが、ライナルトは納得したように頷いていた。

「さすがだな。でかしたぞ。お前はその二人が恋人同士だったら怪しいと思って申し訳ないと考えたのだろうが、怪しいに決まっているだろ。ここはそういうことを目的にした男女が集まる場所だ。男同士がいいなら、それに相応しい場所にいくはずだ」

「そうか……そうですよね」

歩きながら説明され、ナディアは先ほどまであった罪悪感が薄れた。やはり、怪しいと感じた直感は正しかったのだ。

「この廊下の先に行ったのか。何かあるのだろうな」

より一層声を落とし、ライナルトは廊下を突き進む。それについて、ナディアも歩いた。

すると不意に、ひやっとするような、空気の流れが変わる場所があった。

ライナルトを見ると、彼も何かに気づいた様子だった。

「ここだけ空気の流れが違うということは、地下に続く部屋があるのかもしれないな。問題は、出入り口がどこかということだが」

周囲を見回してみても、扉があるようには見えない。隠されているのだと思うと、ますます怪しさが増した。

「ひとまず、この屋敷にそういった部屋がある可能性と、怪しげな男二人がそこに消えたという情報だけでも十分か」

長居は無用と考えたのか、ひとしきり壁や床を調べてからライナルトは言った。

そのとき、すぐ近くの壁から音がした。

「まずい！」

言うや否や、ライナルトはナディアの手を引いて駆け出した。隠し部屋から誰かが出てくるなら、見咎《みとが》められてはならないからだ。

しかし、真っ直《ます》ぐな廊下を進んできたのだ。逃げ場も隠れる場所もない。

「仕方ないな……ナディア、耐えてくれ」

「え？」

しばらく走ると諦めたのか、ライナルトはナディアを壁に押しつけた。そしてあろうことか、首筋に鼻先を埋めてくる。

「ちょっと……こんなところでっ」

「お前が誘ってきたんじゃないか」

「誘ってなんか……んんっ」

首筋に息が当たり、ナディアは身悶《みもだ》えした。ライナルトはそれでもやめる気配はなく、それどころかドレスの裾をたくし上げ、脚を触ろうとしてきた。それから、開かせるようにその脚を持ち上げられる。

「だ、だめっ……そんな……」

ナディアが小さく悲鳴を上げたところで、足音が近づいてきていた。先ほどの男性たちだ。

彼らはナディアたちのそばを素通りして、何事もなく去っていった。

足音が遠ざかり、聞こえなくなった頃、ようやくライナルトはナディアを解放した。

「……行ったな。私たちの姿に気づいていても、盛りのついた助平親父と若い娘の組み合わせにしか見えなかっただろう」

無事にやり過ごしたからか、ライナルトはほっとすると同時に得意げだった。ナディアは安堵《あんど》しつつも、言い知れぬモヤモヤを抱えていた。

やり過ごすための演技だったとはいえ、不用意に体を触られたことに傷ついていたのだ。しかも自分の口からはしたない声が出てしまったことも、何だか嫌だった。

男女のそういったあれこれが、気持ちなしに成立することはわかっていたつもりだ。

それでも、同意なしに触れられたことや、それに感じてしまった自分が嫌だった。

その相手が、ライナルトだったからなおさらなのかもしれない。

「気分が悪そうだな。私の屋敷に戻って着替えたら、グライスラー家に送り届けよう」

「……はい」

本当は体調よりも気持ちの問題が大きかったのだが、そんなことを説明するのも嫌で、ナディアは何も言わなかった。

帰りの馬車は、眠ったふりをして過ごした。

本当は眠れないくらい心臓がドキドキして仕方がなかったのに。

だがそのドキドキは、これまでに味わったどの高鳴りとも違い、少しも幸せな気分にはしてくれなかった。


このままでは本当に、お嫁に行けなくなってしまう――仮面舞踏会から一夜明け、ナディアは改めてそう強く思った。

ライナルトとはからずもお近づきになる前までは、ぼちぼち結婚相手を見つければいいかという気分だった。

だが今は、切実に結婚しなければと思う。

結婚してライナルトと縁を切って、無事に逃げきってみせるのだ。

やはり推しとは、手が届かない距離にいるのが一番だ。見たくないことも知りたくないこともすべて遠ざけて、好きな部分だけを見て推していたい。

それなのに、ナディアは彼に近づきすぎてしまった。それを適切な距離に戻すためには、やはり結婚しかない。

さすがにあの腹黒俺様なライナルトでも、既婚者を強引に自分の手駒にはしないだろう。

……しないはずだ。

自信はないが逃げるためには結婚するしかないと思い、ナディアはすぐにこういったときに頼りになる人物に手紙を書いた。

「ゼーゼマン侯爵夫人……今まで〝出しゃばり仲人《なこうど》おばさん〟って呼んでごめんなさい」

手紙を出した相手から『ぜひ相談に乗らせて。すぐにいらっしゃい』と返事をもらい、その手紙を押し頂いてナディアは反省していた。

ナディアがゼーゼマン侯爵夫人を〝出しゃばり仲人おばさん〟などと心の中で呼んでいたのは、彼女が極度の仲人したがりだったからだ。

年頃の男女と見れば勝手にくっつけたがり、自分が「これは！」という男女がいれば本人たちの意向に構わずとりあえず仲を取り持とうとしてくることで有名なのだ。

そのせいで年頃の令嬢たちには疎まれていたし、ナディアもそうだった。勝手に相性の良《よ》し悪《あ》しを判断されて相手を押しつけられるなんてごめんだと、社交界デビューしてすぐは思っていたのだ。

だがその反面、彼女の仲人技術はかなり評判がよかった。

彼女が相性が良さそうだと判断する男女は実際になかなかに釣り合いが取れるらしく、成婚率も高ければ、その後の夫婦仲も良いとされる。

そのため、適齢期ギリギリになって彼女のもとへ駆け込んで、いい相手を紹介してもらう令嬢も少なくないのだ。

「お嬢様、本当によろしいのですか？」

これからゼーゼマン侯爵夫人とお茶をするために出かける支度をしていると、レオナが心配そうに声をかけてきた。

心配というよりも、やや腑《ふ》に落ちない顔をしているようにも見える。クールビューティーな彼女の表情は、やや読みにくい。

「ゼーゼマン侯爵夫人を頼ること？　それは確かに抵抗はあるわ。だってあの人、結婚の次は新居で飼うペットのことにも口出して来そうだし、その次はペットのお嫁さんお婿さん探しまでしてくれそうじゃない？　だから、本音としては嫌だけど」

嫌だと言いつつも、彼女を頼れば伴侶を得られるだろうという確信はあった。

ゼーゼマン侯爵夫人は、結婚したい男女をくっつけることにかけては敏腕なのだ。だが、まだ夢見がちな状態でいる人にとっては、ただのおせっかいなおばさんだろう。

覚悟の決まった人には、救いの手となりえる人だ。だから、ナディアはその手を取ろうと決めた。

「ゼーゼマン侯爵夫人を頼ることの是非もそうですが、それよりも私が気になるのはシュバルツアール公爵のことです」

鏡の前でドレスをあれこれ悩むナディアを見て、レオナは何だか難しい顔をする。

「ライナルト様？」

「あの方はご自分のことを、旦那様や奥様にお嬢様の恋人だと思い込ませているのですよ？　このまま黙って身を引くでしょうか？」

レオナの心配はどうやら、ライナルトがナディアを手放したがらないのではないかということらしい。その点についてナディア自身も考えなかったわけではないが、どうとでもなるのではないかと結論づけている。

「大丈夫よ。だってあの方、私のことを都合のいい手駒だとしか思っていないのよ？　遅かれ早かれ手駒として大して使えないってわかっただろうし、既婚者になって身動きが取りにくくなった私にそこまで執着しないでしょうよ」

言いながら、少し胸がチクリとしたが、それはあまり意識しないようにした。

見ているだけでよかったはずの推しと一時的に距離が近くなっていたから、勘違いをしてしまっただけだ。

ナディアはそう自分に言い聞かせる。

「まあ、お嬢様がそれでいいならいいのですが」

レオナはまだ納得いかない顔をしているから、ナディアは話題を変えることにした。

今一番大事なのは、婚活だ。心を煩わせているいくつかのことが結婚によって解消されるのだから、今はそれに集中するべきだろう。

「ゼーゼマン侯爵夫人に気に入られるなら、どのドレスがいいと思う？」

彼女が誰にでも相手を紹介してくれるのはわかっていても、できる限り好印象を与えたいとナディアは考えていた。人は、自分にとって好感が持てる相手にはより親切にするものだから。

「そうですね……やはり淡いピンクやオレンジ色のものが良いのではありませんか？　それから、確かあの方は庭の手入れがご趣味ですから、花や植物柄だとなお印象がよくなるでしょう」

「さすがね、レオナ。だったら、この小花柄のドレスにしようかしら。腰のリボンがピンクで可愛くて、うちのお母様にも褒めて頂いたから、おそらくあの年代の女性の受けはいいはずよ」

レオナの助言を聞き、ナディアは生成り色の生地に薄いピンクの小花模様のドレスを選んだ。

顔の印象がややぼんやりとしてしまうのだが、このこなれていない感じのほうが年上の女性の受けはいいのだろうなと思う。

「いい感じだわ。これなら、善良な殿方を紹介してあげたいって見た目だものね！」

選んだドレスに着替え、髪や化粧を整えてから、ナディアは鏡の前でその仕上がりに満足していた。

やや野暮《やぼ》ったく、棘《とげ》はなく、自己主張も感じない、いい感じの出来栄えだ。

どこにでもいる、特別ではない令嬢といった姿が、やはりしっくりくるとナディアは思う。

「私は、この前の青いドレスがとてもお似合いだったと思いますけれどね……」

今日のこの仕上がりが気に入らないのか、レオナがぽつりと不服を洩らした。

この前の青いドレスとは、ライナルトに仕立ててもらったもののことだ。確かにあれは、似合っていたとナディア自身も思う。だが、あれはもともと夜用のドレスだし、いつも着ていられるようなものではない。

「……特別なものは特別なときに着るからいいのよ。特別なものだけでは生きていけないから」

だから結婚相手を探しに行くのだと暗に伝えて、ナディアは出かける準備を再開した。

「ちなみに、お嬢様はどのような方を結婚相手に望まれるのですか？」

ゼーゼマン侯爵の屋敷へ向かう馬車の中、レオナがそんなことを聞いてくる。

改めて聞かれると特にビジョンなどなかったため、ナディアはしばらく考えた。

「縁組みに重要なのは高望みしないことだって思っているから、特に望みっていうのもないのだけれど……清潔感はあってほしいわね」

「清潔感」

ナディアの返事を聞き、レオナはやや目を細めた。

「それから、おしゃべりすぎるのも無口すぎるのも嫌だから適度に話し上手がいいわ」

「話し上手」

レオナの目はさらに細くなる。

「それと、やっぱり一番は私の趣味に理解があることね。認めろと言わないから放っておいてくれる人。そして、私が創作に熱中してても文句も口出しもしない人がいいわ！」

三つ目の条件を聞いて、レオナの目はついに半目になった。これ以上続けるのなら、きっと目を閉じてしまうことだろう。

「どうしたの、レオナ？　もしかして、私にあまりにも欲がないから心配してる？」

「……ゼーゼマン侯爵夫人の腕前に期待しましょう」

それ以上話す気力はなくなってしまったのか、レオナはぐったりとして口を閉じた。だからナディアも仕方なく、到着までの間、ここ最近のゴタゴタで作業が止まってしまっている合同誌について思いを馳《は》せていた。

「よく来てくれたわね、ナディア嬢」

「ゼーゼマン侯爵夫人、お時間をとっていただきありがとうございます」

屋敷に到着すると、華やかに調えられた応接室に通された。

突然手紙を出したにもかかわらず快く面会を受け入れてくれてありがたいとナディアは思っていたが、ワクワクとしたゼーゼマン侯爵夫人の様子を見ると、やはり評判通りこれが彼女の生きがいなのだろうなと感じた。

「あなたのお母様であるグライスラー伯爵夫人とは、何度かお茶会で仲良くお話させてもらっているのよ。だから、親戚の子が頼ってきてくれたみたいで嬉しいわ」

彼女はナディアにお茶を勧めながら、にこやかに話す。

母にひと言断るべきだったかと考えたが、ライナルトが恋人だと信じている手前、話すわけにはいかなかった。

「ゼーゼマン侯爵夫人のお話はいろいろな方から聞いておりましたので、こういったことで頼るなら夫人しかいらっしゃらないと思ってご連絡しました」

母の話題には触れず、なるべく早めに本題に入れるよう水を向ける。だが、夫人はにこやかではあるものの、どこか思案顔だ。

「ナディア嬢はもしかして、周りの方に望まない結婚を強いられているのかしら？」

「え？」

「その、ね……あなたのお母様、グライスラー伯爵夫人が、娘にいい人ができたと喜んで話していたと小耳に挟んだもので。それなのにあなたがこうして私を頼ってきてくれたし、少しも幸せそうではないから、もしかしてと思って」

ゼーゼマン侯爵夫人の話を聞きながら、ナディアは血の気が引いていくのを感じていた。

だが、よく考えれば仕方がないことだ。ライナルトとの関係を、わざわざ口止めしていなかったのだから。

だが、ここにもライナルトの策略があるようで、正直いい気分はしない。

ナディアは必死に頭を悩ませた。なるべく母の評判を落とさず、さらに自分の目的を達成するにはどうすればいいかと。

どちらも叶《かな》えるために、ナディアはゼーゼマン侯爵夫人の同情を買うことにした。

「……正直、両親が望んでいる私の幸せと、私自身が望んでいる幸せがあまりにも違いすぎて、苦しいんです。母に悪気はないのでしょうから、秘密にしていただきたいのですけれど」

「まあ……」

ナディアが目をウルウルさせて言えば、ゼーゼマン侯爵夫人は気の毒がるように眉をひそめた。

「とても素晴らしい殿方と接点を持つ機会があって、そのことを母はとても喜んでくれているのですが……私はその方と自分が釣り合うとは思えなくて」

「でも、お母様が喜ぶということは、いい方なのでしょう?」

「私は身の丈を弁《わきま》えておりますので……自分が彼の伴侶になり得るとは思えないのです」

耐えられないといったふうに、ナディアは「よよよ」と泣いて見せた。実際はハンカチを目に当てているだけなのだが、それでも十分だったのだろう。夫人はナディアの背中をそっとさすってくれた。

「母の願っていることは高望みが過ぎます。私、ただ普通に幸せになりたいだけなのです。だから、身の丈に合ったお相手と、ささやかで平凡な結婚がしたい。夫人は結婚というものがよくわかっていらっしゃる方ですから、私が恐れていることも望むことも、理解してくださるでしょう?」

ハンカチ越しに目を見て訴えれば、かなり心に響いたらしい。夫人は力強く何度も頷いた。

「ええ、ええ。わかりますとも。大それたことを望まないのが、結婚には一番大切です。母親というのは娘可愛さに少し夢見がちになってしまうことがあるのだけれど、ナディア嬢には私がついているから大丈夫よ」

ゼーゼマン侯爵夫人はすっかり庇護《ひご》欲をくすぐられたらしく、励ますようにそう言った。

これでようやく、結婚相手を紹介してもらえるだろう。

（よし！　これで私の人生安泰よ！　適当に当たり障りのない人と結婚して、悠々自適に推し活に励むわよ！）

そんなふうに考えて内心ガッツポーズをしていたのだが、屋敷を出る頃にはその考えの甘さを痛感していた。

「ねえレオナ……十五歳も歳上だったり頭髪が寂しかったり我儘《わがまま》ボディだったりするのって、よくある無難な結婚相手の条件に当てはまっているのかしら？」

帰りの馬車の中、げっそりとした様子でナディアは言う。それをレオナは呆れたように横目で一瞥《いちべつ》した。

「無難どころか、若干難ありでしょうね」

「若干難あり……やっぱりそうよね」

自分でも薄々感じてはいたが、レオナの忌憚《きたん》のない意見により、ナディアはその感じたことを確信に変えていた。

どうやらゼーゼマン侯爵夫人に伝えた結婚相手に求める条件が、高望みと思われたらしいと。

勧められた候補は頭髪が寂しかったりお腹《なか》が出始めたりしている年上の男性ばかりだっ

た。彼女は「ナディア嬢は年上で包容力がある方が合うと思うのよ」と言っていたが、何とも腑に落ちない気分だ。

「私、高望みなんかしていないからすぐにいいお相手が見つかると思ったのに。何がだめだったのかしら？」

ナディアは行きの馬車でレオナに話した、結婚相手に望む条件を頭に浮かべていた。

自分はその他大勢の女性たちとは違い、わがままではないと信じているのだ。だから、少しも納得できない。

「高望みとは思いませんが、虫がよすぎるとは思います。その虫がよすぎる条件を満たすお相手は難ありな方しかいないというのが現実です」

「えっ」

「ゼーゼマン侯爵夫人に相談した人たちの成婚率がなぜ高いのか、考えてみたことがありますか？　みんな彼女に頼る時点で切羽詰まっているのです。自力でお相手を見つけられない状態です。お嬢様のおっしゃる〝清潔感がある〟だとか〝適度に話し上手〟だとかいう条件を満たす方は、彼女を頼る前に自力でお相手を見つけられるんですよ」

「そんな……」

有能メイドに現実を突きつけられ、ナディアは両手で顔を覆った。自分は我儘など言わず、現実を見つめてきちんと婚活できると信じていたのに。

「シュバルツアール公爵で手を打っておくのではだめなのですか？　お嬢様、あの方のお顔が好きなのでしょう？　それに、お嬢様のおっしゃっていた条件にも合致すると思うのですが」

落ち込んでいるナディアを慰めるつもりなのか、レオナはそんなことを言う。だがそれは、追い打ちをかけることにしかならない。

「推しとは結婚したくないの！　それに、あの人は微塵《みじん》も私のことなんか好きじゃないから嫌よ。恋愛結婚じゃなくても、少しくらい好きになってくれる人がいいわ」

仮面舞踏会へ潜入したときのことを思い出し、ナディアは身震いする。あのとき彼に触れられて、彼は好きではない女とも平然と肌を合わせられるのだろうと理解して、スッと心が冷えるような心地をしたのだ。

「まあ、お嬢様はお顔も可愛いですし年齢もまだギリギリといったところですから、今シーズンの夜会に本気で挑めば、お相手が見つかると思いますよ」

ナディアの本気の落ち込みを察知したらしく、レオナは今度は少しだけ手心を加えた慰めの言葉を口にした。だがそこにも、ライナルトウォッチングに明け暮れてまともに夜会に参加していなかったこれまでのことをチクリとする内容が含まれている。

それでも、ナディアは少し元気を取り戻し、婚活への決意を新たにする。

「もうすぐ夜会が本格的に始まるわ！　そこでバシッと決めるわよ」

「でも、シュバルツアール公爵から逃げ切れたら、ですけどね。あの方はお嬢様を逃がす気はないと思うんですよ」

「ちょっと！　不吉なことは言わないでよ。フラグを立てないの！」

せっかくの決意を台無しにするようなことを言われ、ナディアは憤慨していた。

だが、このときはまさかそれが本当にフラグになってしまうだなんて、露ほどにも思っていなかったのだ。

帰宅してすぐ、ナディアは異変に気がついた。ドアを開けて玄関ホールに入るや否や、執事が「お嬢様が戻られましたー！」と叫んでどこかへ走っていったのだ。

ただ帰宅しただけでこれはおかしいと訝《いぶか》っていると、やがて満面の笑みを浮かべた両親がやってきた。その後ろに続くライナルトの姿を見て、彼が何かをしたのだと悟る。

「おかえり、ナディア。ようやく主役の登場だ」

「主役……？」

「こんなに喜ばしい日はないわ」

事態が把握できていないナディアを、父と母は抱きしめ、喜びに浸っている。混乱しきりのナディアに、ライナルトはとびきり美しい顔で笑ってみせた。

「私が求婚したら、グライスラー伯爵がすぐに許可してくださったんだ」

「えっ……」

「ナディア嬢との出会いは運命だから逃したくないと言ったら、わかってくださったよ。それに、あなたは魅力的だから、悠長に構えて他の男に奪われるのも怖かったんだ」

衝撃を受けて口をあんぐり開けるナディアに、ライナルトは甘い顔と声で説明する。

ナディアはすぐさま「こんなの間違ってるわ！」と叫びたかったが、それはできなかった。

「ナディアをこんなに思ってくれる人が現れて、本当に嬉しいわ」

母が啜《すす》り泣きながら言った。嬉し泣きしているのだとわかると、文句を言ってやろうという気持ちが一気に萎《しぼ》んだ。

「大事な大事な愛娘《まなむすめ》を、こんなに立派で信頼できる方に預けることができて、父様は誇らしいよ。それに、安心した」

泣いてはいないが、父も感極まっているのが伝わってきた。

両親がライナルトとの結婚を心から望んで喜んでいるのがわかって、ナディアはいよいよ何も言えなくなった。

はめられたと思う。こんなのひどい策略だと思う。だが、不服なのはナディアひとりなのだ。

ナディアが我慢さえすれば、みんな幸せになれるのだ。親孝行にもなる。それに、ナディア自身もシュバルツアール公爵家に嫁げば将来は安泰だ。

「……ありがとうございます」

納得しようとしつつもまだそれができなくて、ナディアの声は少し暗くなってしまった。

だが、誰もそれには気づかず、お祭りムードはさらに加熱する。

「さあ、今夜はお祝いだぞ。料理長が腕によりをかけてくれるそうだ」

「エドガーにも手紙で知らせたから、近いうちに領地から飛んできてくれるはずよ」

父も母も、ご馳走《ちそう》だとか兄のエドガーを領地から呼び寄せるだとかはしゃいでいる。

それを見たら、本当に何も言えなくなってしまった。

ナディアは両親が年を取ってからできた子供で、だから兄とも年齢が離れている。そのため、両親にとっても兄にとっても自分がとても可愛くて大切な存在だと自覚して育った。

だから、彼らの喜びようは理解できるのだ。大切なナディアが美貌の貴公子、しかも公爵に求婚されるだなんて、きっと夢のような出来事に思えるだろう。

そして彼らは、これでナディアが幸せになれると信じている。どう頑張っても先に老いて死ぬ自分たちの代わりに娘を託せる相手を見つけたと、安心している。

それがすべてわかるから、ナディアは何も言わないことにした。自分がすべて呑み込めば、誰も不幸にならないから。

父が言っていたように、その日の晩餐《ばんさん》は料理長が張り切ったため、かなり豪勢なものになった。

豪勢なだけでなく、ナディアの好物が並んでいる。そのことを父がライナルトに教えていた。

「この子は偏食気味でな、なかなか食事をしてくれなかったんだ。乳母泣かせで、料理長をはじめとしたみんなで思い悩んだものだよ。この子が大きくなるように、それ以前に食事を楽しいものだと思えるように、みんなで心を砕いて大きくしたんだ」

父が愛《いと》しげに話すのを聞いて、ナディアは嬉しいものの恥ずかしくなった。今でこそ目立った好き嫌いはないが、子供のときは食べることに興味がない上に嫌いな食べ物が多くて、周りの大人を困らせていたようだ。

「結婚したら、ナディア嬢の好きなものをたくさん用意しましょう。私も、彼女には楽しい思いで食事をしてほしいので」

父の言葉に応えて、ライナルトが甘いことを言う。

「あまり甘やかさないでね。きちんと何でも食べないと、赤ちゃんができたときに体が弱って困るもの」

「そのときは、きちんと食べさせます」

母の気の早い発言にも、ライナルトは笑顔で応じていた。

仲の良い家族と恋人と囲む温かな晩餐――何も知らない人の目にはそう映るのだろうなと思うと、ナディアは他人事のように考える。

実際に、父と母にとってはそうなのだ。可愛い娘とその恋人と囲む温かな食事で間違いない。

(騙すのがこんなにうまいのは、仕事柄なのかしらね)

幸せそうな父母とライナルトを見比べて、ナディアは少し悲しくなった。なぜ彼は自分のことは騙してくれなかったのだろうかと。どうせ利用するなら脅すより、騙したほうが扱いやすかったはずだ。

ナディアがそんなふうにモヤモヤを抱えていても食事は和やかに進んでいき、食後のあとは父とライナルトは場所を移して酒を酌み交わしていた。

気持ちが追いついておらず疲れてしまったナディアは、先に部屋に戻らせてもらった。

ひとりきりになると、大きな溜《た》め息が口をついて出た。

「お父様はすごく上機嫌だし、お母様は嬉しくて泣いてたし……これで、いいんだろうなぁ」

囲い込まれてしまった現実を思いながら呟《つぶや》くと、ズシンと胸が重たくなった。

これから先にあるのは幸せな結婚生活ではなく、ライナルトに見い出された能力とやらを利用されるだけの日々だ。

ナディアが望んだ平穏で平凡な、趣味を第一に据えた生活などきっとできないのだろう。

「私はただ、推し活がしたかっただけなのよ……」

壁にかけたライナルトの肖像画と目が合った。ナディアのためにゲルダが描いてくれた、素敵な贈り物だ。

これをもらったとき、推しの肖像画を部屋に飾れるなんて素敵だと、とても嬉しかったのを覚えている。そのときも今も、推しに触れたいだなんて、触れられたいだなんて思っていなかったのだ。

推しは少し離れたところから見ているのが一番で、見ているだけが最も幸せなのだ。

それなのにあの日、変装したライナルトを見つけて後をつけたのが何もかもの間違いだった。あんなことをしなければ、今頃まだ平穏に推しとしてライナルトを好いていられたのに。

「お嬢様。シュバルツアール公爵はお酒をたくさん飲まれたので、今夜はお泊りになるそうです」

ノックとともにレオナがやってきて、そう知らせてくれた。

「そう。それなら、朝食のときも一緒なのね」

「……お嬢様のお食事を部屋に運ぶこともできますが」

「そうしてくれる？　寝起きの顔を見られたくないとか、どうとでも主張できるもの」

今この家で唯一自分の気持ちを知っている相手だから、レオナにはついわがままを言ってしまう。だが、彼女がそれを何とも思っていないような顔をしてくれるのが救いだ。

「今夜はまた夜更かしして作業をなさいますか？」

「……ううん。明日に備えてもう休むわ。しっかり気を張っていなくちゃ、お父様とお母様の前でボロを出してしまいそう」

悲しませたくないのと笑ってみせたが、うまく笑えていないのはレオナの顔を見ればわかった。彼女は何か言いたそうにしているが、それでも何も言わずにいてくれる。ただ黙って、着替えを手伝ってくれただけだ。

「お嬢様の悲しい気持ちを否定はしませんが、きっとこれからうまくいくと私は思っていますよ」

部屋を出るとき、レオナはそう言って去っていった。

嫁ぎ先にはついてきてくれる約束だものねと、それを慰めにナディアは寝台に横になった。

だが、疲れているはずなのにちっとも眠たくならなくて、鬱々とした気持ちだけが降り積もっていく。

これからの日々を思うと、どうやったって明るい気持ちにはなれなかった。

これからナディアは、推しに弱みを握られて、推しに利用されて生きていく。家族を悲しませないために、幸せな顔をして過ごしていく。

きちんと夫婦をやれているという証明のために、いつかは子供も作るのだろう。子供を作るということは、彼と肌を合わせるということだ。

「……嫌だ」

考えてしまうと、激しい嫌悪感が胸の奥から湧き出た。自分のことを好いてもいないライナルトに体を暴かれるのだと思うと、舌を噛んで死んでしまいたくなる。

貴族同士の結婚なら、そこに恋愛感情がないことなど珍しくない。ナディアだって、ちっとも好きになれない人と結婚して、その相手と夫婦の営みをする覚悟はぼんやりとならあった。

だが、それを想像しても平気だったのは、ナディアが少しも相手に対して感情がなかったからだ。

つまりは、ライナルトに想《おも》いがあるからこそ、彼に無感動に触れられてしまったことに傷ついていたのだ。

そしてこれから結婚すれば、その傷はどんどん深くなるだろう。

「気づきたくなんか、なかったわ……」

胸が苦しくてたまらなくなって、ついには涙が溢れてきた。

そのとき、部屋の中にかすかに音が響いた。少し考えて、ドアを開けて誰かが中に入ってきたのだとわかる。

「……誰？」

眠っていれば気がつかなかっただろう静かさで部屋に入ってこられる人物など、ひとりしか思い浮かばない。だが、ナディアは闇の中に問いかけてしまっていた。

「驚いた。本当に勘が鋭いな」

「……起きていただけです」

暗闇の中、ライナルトが面白がるのが気配でわかった。だが、ナディアはちっとも面白くなどない。

「何しに来たんですか？」

「何しにって……婚約者の寝顔を見に？　というより、こんな夜更けに訪ねてきた理由なんて、ひとつしかないだろ」

「来ないで……！」

何をされるのだろうかと考えて、ナディアは一気に肝が冷えた。

ナディアの両親を騙して婚約をとりつけただけでは飽き足らず、まだ念には念を入れて逃げられないようにと策を施しに来たのだろう。

それが嫌で、ナディアは寝台の上で身を硬くした。

「お前……泣いてるのか？　何で？」

気配だけでわかったのか、ライナルトは慌てたように急いで距離を詰めてきた。逃げる間もなく、寝台に腰を下ろされしまう。

「婚約が嬉しくて泣いてる……わけじゃ、ないんだよな」

「違うってわかってるから来たのでしょう？　……そんなことしなくても逃げないから、私に触らないでください。あなたの策略通り結婚してあなたの手駒になる。それでいいでしょ？」

「……っ」

　薄暗がりの中、ライナルトが傷ついたのがわかった。なぜ彼が傷つくのかわからなくて、ナディアは苛立つ。

「……お前は、私のことが好きなのだと思っていたんだが」

　たっぷりとした沈黙のあと、絞り出すみたいにライナルトは言う。それを聞いて、ナディアの目からまた涙が溢れた。

「自分のことを好きな女には、何をしてもいいと思っていたんですか？　でも残念ですが、私の好きはそういった類《たぐい》のものではありません。あなたのことを見ていたかっただけです」

　これがいわゆるガチ恋だったらもっと楽だったのかもしれないなと、言いながら思った。推しのことが好きで、推しと付き合いたいと思っていたならば、承認されただけできっと舞い上がってしまうし、婚約なんて、結婚なんて、夢が叶ったみたいなものだろう。

　だが、ナディアは違う。少なくとも、こんなことになるのを望んでなんかいなかった。

悲しくなるくらいなら、一生遠くで見ていたかったと思っている。

「それは俗に私たちが言う恋愛感情とは何が違うんだ？　お前のご両親も、お前は部屋に肖像画を飾るほど私のことが好きだったと言っていたが……」

「見ているだけでよかったの！　そういう感情があるんです……あなたにはわからないでしょうけれど」

ライナルトがなぜ傷ついた物言いをするのかがわからなくて、ナディアは一層泣けてきた。自分も騙してくれたならよかったのにと思ったが、きっとうまく騙されることもできないだろうと気づいてしまい、嫌で、悔しくて、胸が苦しくなった。

「私は、お前を知るたびどんどん、お前が欲しくなったがな」

胸の内を吐露するように発せられた言葉に、ナディアはすぐに返事ができなかった。それでも、ライナルトは続ける。

「怪しげな小娘だと思って調べてみたら、私のことが好きらしいとわかった。私をモデルにした小説や絵を描き、それを友人たちと共有しているという。そのくせ、私と知り合っても舞い上がらない。他人に言い触らして優越感に浸ることもない。それどころか、私から逃げようとした。……逃したくなくてこんな強硬手段に出たが、私の自惚《うぬぼ》れだったみたいだな」

ライナルトはまるでナディアのことが好きで、気持ちを弄ばれたかのようなことを言う。

騙されないぞと思うのに、それを聞いて胸が高鳴ってしまっていた。あの仮面舞踏会の夜に傷ついたときに気づくべきだったのだが、どうやらナディアは彼のことが好きらしい。

推しではなく、ひとりの男性として。

その好きな男性が今、目の前で愛の告白じみたことをしてきている。

騙されれば幸せになれるのだろうかと考えて、やはりまだそれは怖かった。

「そんなふうに騙さなくても、私はあなたの言うことを聞きますよ。だって、秘密をバラされたら困るもの。……倶楽部の仲間たちまで不幸にはしたくありませんから」

「騙すだなんて……お前は、私のことが好きじゃないのか？　お前こそ私を騙したんじゃないか！」

ナディアからの拒絶に、ついにライナルトが怒り始めた。だが、怒られるなんて理不尽だとナディアの心にも怒りが湧く。

「騙してなんかないわ！　ただ、私は手に入らないものだと弁えていただけ」

「欲しいものが手に入らないと勝手に決めつけるのは愚かなことだ。私はこうしてお前のものにできる。夢でも幻でもなくね」

「きゃっ」

ライナルトが乱暴に、その腕の中にナディアを抱きしめた。そうされると、力の差を感じてしまう。逃げられないのだとわかっているのに、ナディアはジタバタと無駄な抵抗をする。

「逃がすものか。お前は今から、私に抱かれるんだ」

耳元で囁かれ、ナディアの体は奥から熱くなる。だが同時に、仮面舞踏会の夜に触れられたのを思い出し、恐ろしくもなった。

好きでなくとも、男は女を抱けるのだ。好いた人にそんな触れられ方はされたくなくて、ナディアは逃げ出そうとする。

「……だめです、そんな……嫌なの」

呼吸を荒らげながらいくら嫌だと言っても、説得力がないのはわかっていた。それはライナルトにも伝わっているらしく、彼に退く気配はない。

「ナディア、お前が好きで、こんなにお前が欲しくて、私の胸は高鳴っているんだ。拒むなら、せめてこの鼓動に耳を傾けてからにしてくれ」

「……っ」

荒々しく抱きすくめられ、ナディアはライナルトの胸に頬を寄せる格好となる。すると、彼の言葉通り心臓が激しく鼓動を打っているのが伝わってきた。

そしてその音に負けないくらい、自分の胸も鳴っているのがわかった。二つの音が合わさると、それはとても騒がしい。

「……私のことを、どうしてしまうつもりですか？」

「手に入れたい。そして私だけのものにしたい」

少し掠《かす》れた余裕のない声で言われると、ナディアの理性は飛んでいってしまいそうになる。

この力強い腕に身を委ねたい。この人のものになってしまいたい。そんな気持ちに抗《あらが》えなくなった。

「……まだ結婚したわけでもないのにこんなの……いけないことだわ」

「私のものになるのだから関係ない。それが少し早まるだけだ」

「んっ……」

最後の抵抗をしてみるものの、それも虚《むな》しく、口づけられてしまった。

視界が働かない中での触れ合いは、残された感覚が敏感になる。柔らかな唇を重ね合わせながら、ナディアはライナルトの匂いや息遣いにまで神経を高ぶらせていた。

彼はナディアの唇を貪るように、角度を変え、深さを変え、何度も何度も口づけてくる。

不慣れなナディアは溺れないように、唇が離れた隙に必死で呼吸をするしかなかった。

そのうちに、口内にぬるりと彼の舌が入り込んでくる。温かで柔らかなものが、まるで意思を持った生き物のようにナディアの歯を舐《な》め、舌に絡みつく。

荒い呼吸を繰り返しながら、送り込まれる唾液を零《こぼ》さぬように必死に飲み下す。

そうしているうちに、ナディアは自分の体が熱を持ち、下腹部が甘く疼《うず》いてくるのを感じていた。

「んんぅ……」

思わず鼻から声が漏れると、彼が嬉しそうに笑うのが気配でわかった。はしたないと思われただろうかと不安がよぎったが、これから何もかも暴かれてしまうのだと思って、快感に身を任せる。

「可愛いな……これから、もっと気持ちよくしてやるから」

そう言うとライナルトは、ナディアの着ていたものを脱がせて、生まれたままの姿にする。体を締めつける下着の類はつけていないから、簡単に剝《は》ぎとられてしまった。

「真っ白で瑞々《みずみず》しくて美しいな……これからこの肌に、私のものだという証を刻んでいく」

「ライナルト様……」

いつの間にか月明かりが部屋に射《さ》し込《こ》んできていて、二人をほの青く照らしていた。

ライナルトの慈しむような眼差しのその奥に、荒々しい情欲の炎を見い出し、ナディアは身震いする。その彼の瞳に自分のありのままの姿が映っていることも、何だか恐ろしい。

だが、当然怖いだけではない。期待もしている。

彼の手によってこれから与えられる快感に。その快感によって自らが作り変えられていくことに。

「はぁ……んぅ」

ライナルトが首筋に唇を寄せてそこを舐め上げたことで、ナディアの口からは甘い溜め息が溢れる。ただ舐められただけなのに、たまらなく気持ちがいい。

やがて彼の舌は首筋を下って鎖骨を滑っていき、控えめな胸の膨らみに到達した。ライナルトはその片方を手のひらの中に収めながら、もう片方の頂を舌先で愛撫《あいぶ》する。

するとその瞬間、ナディアの体には痺《しび》れるような快感が走り、思わず小さく悲鳴を上げて背中を仰《の》け反《ぞ》らせていた。

「そうか、ここがいいのか。たっぷり可愛がってやろうな」

「んんっ、あ、あぁっ……」

ライナルトは胸の頂のひとつを口に含み、舌先で転がすような愛撫した。もうひとつは指先で摘《つま》み上げ、カリカリと爪で引っかくような刺激を与える。

異なる二つの刺激に、ナディアはなすすべなく嬌声《きょうせい》を上げるしかない。身を捩《よじ》り、「いや」「だめ」と荒い呼吸とともに訴えるものの、それはライナルトをやる気にさせるだけだった。

「……そんなに可愛い声で啼《な》いてくれるな。一晩中でもお前を苛《さいな》みたくなるだろう？」

「んんぅ……やっ、あぁっ……」

どれほど気持ちが良くても、胸だけの刺激では到底達することはできない。物足りなさに、自然とナディアの腰は浮いた。

両膝を擦り合わせ、腰を揺らすナディアの姿に、ライナルトはうっとりと微笑んだ。

「ここが寂しくなってきたな。……見せてごらん」

「きゃ……」

両膝を抱え、それを左右に開かせる。そうされると、恥ずかしい部分があらわになって、ナディアは羞恥に震えた。

「口づけと愛撫でこんなになってしまったのか。……素直で良い子だ」

「んっ……」

ライナルトが秘処に指を這《は》わせれば、そこはくちゅりと湿った音をさせた。知識だけはあったナディアは、自分が快感に濡《ぬ》れていることを知らされ、さらに恥ずかしくなる。

だが、脚を閉じようにも彼にしっかりと開かされていて、どうすることもできなかった。

「怖がらなくていい、ナディア。これからうんと気持ちよくしてやるからな。ここを、ほら……」

「あぁっ！」

ライナルトはナディアのうっすらとした茂みに指をやると、その奥に隠れていた花芽に触れた。そこはとても敏感で、少し触れられただけで先ほどまでの何倍もの快感が走る。

その小さな花芽を、ライナルトは親指でゆっくりと擦り上げる。それだけで、ナディアの腰は切なく揺れた。

「ふ、ぅん……ライナルト、さまぁ……あっ、んん……」

花芽を撫でられながらその下で蜜を零す中心へも指を這わせられ、ナディアは甘えるように腰をくねらせた。蜜口を擦られるだけでは足りない。奥に入ってきてほしい。だから、ねだる腰つきになる。

「ああ……可愛いな。私の指が欲しいのか？　焦らなくても挿れてやるから」

「ん、あぁんっ」

「指一本でもこの狭さか……解《ほぐ》れるまでか大変だな」

ライナルトがぬるりと指を突き立てると、ナディアの蜜壺はそれを激しく締めつけた。切なく肉襞を絡みつかせ、奥へ奥へと誘い込もうとする。

彼はそこを解そうというように、浅いところで何度も指を抜き挿しした。

「あ……あぁんっ……う、ぅんっ」

「ここか……ナディアは、ここが好きなんだな」

「やっ、んんっ」

ナディアが最も反応する場所を見つけて、ライナルトはそこばかり擦るようになった。感じているせいで、奥からはどんどん蜜が溢れてくる。くちゅくちゅと音を立てて泡立てられた蜜は、やがて滴ってシーツまで濡らしていく。

「指を、増やすからな。痛くないように、こっちも擦ってやる」

「んんんっ……！」

ライナルトは指を二本に増やし、親指を花芽に押し当てた。内側と外側の両方から愛撫され、ナディアの体には強烈な快感が走る。

腰を揺らし、甘い悲鳴を上げながら、ナディアは自分の奥からせり上がって来るような強烈な気持ちよさに怯えていた。

「ライナルトさまっ……あぁっ……やだ……なんか、きちゃうっ……」

「いい。そのまま、上手に気をやってごらん。快楽に身を任せて――さぁ」

怯えるナディアをなだめながら、ライナルトは親指にぐっと力を込めた。すると、花芽の中心の快楽の核が剝《む》き出しとなり、強烈な気持ちよさに押し流される。

「ああぁ、んんんぁっ……！」

大きく背を仰け反らせ、ライナルトの指をきつく締めつけ、ナディアは果てた。

初めての感覚に慄《おのの》いているのか、それとも生理的な現象なのか、目の端から涙を溢《こぼ》している。その涙を唇で掬《すく》い、ライナルトはナディアの頭を撫でた。

「……よくできた。与えた快感すべてに余さず反応して、ナディアは本当に良い子だな」

「んん……」

蜜壺から指をゆっくりと抜きながら、ライナルトは優しく微笑む。

だが、彼の瞳の奥には獣じみた欲望が浮かんでいるのがわかる。

果てても終わりではなく、これがむしろ始まりなのだ。それがわかって、ナディアは少し恐ろしく思いつつも、期待に体の奥が疼いた。

「これからここで、私のものを受け止めるんだ」

「あ……」

ライナルトが自身の身につけていたものを取り去り、一糸纏《まと》わぬ姿になった。ゆっくりと覆《おお》いかぶさってくる彼の中心には、雄々しいものが屹立《きつりつ》していた。

これまで男性のものなど、見る機会がなかった。散々際どい絵を描いてきたくせに、実際のものは知らずに生きてきたのだ。

「そんなにじっと見て……触ってみるか？」

からかうように言われ、ナディアは慌てて首を振った。これから自分の中に入るものだとしても、まだ手で触れるのは何だか怖かった。

「興味があるものだとばかり思っていたが……ゆっくり触れ合っていこうか」

「んっ……」

ライナルトは自身を握り、その先端をナディアの中心に宛てがった。蜜を塗り広げるようにそれを擦られると、ナディアの腹の奥がキュンと疼く。

彼の雄々しい屹立は、少しずつ、本当に少しずつナディアの中へと侵入してきていた。

荒い息遣いを聞けば、彼がひと思いに貫《つらぬ》きたいのを堪えてくれているのがわかる。

指二本で解されていたとはいえ、未だ誰も踏み込んだことがないナディアの中心は未熟だ。そこに先端をねじ込まれ、じわりと痛みが滲む。

「いっ……」

「ナディア、痛むのか？」

「だいじょう、ぶです……ライナルト様、口づけて……」

痛みを堪えて、ナディアは接吻《せっぷん》をねだった。痛いし怖いが、離れたいわけではない。むしろ、早く奥まで貫かれたいと思っている。指では触れられない奥の奥が彼を求めていることを、自覚してしまった。

「ああ……何て可愛いんだ。いくらでも口づけてやる。それでお前の痛みが和らぐのなら、たくさん気持ちよくしてやるからな」

ナディアの愛らしいおねだりはライナルトに火をつけたらしく、彼は口づけてと言わず顔を舐《な》め回す勢いで激しい接吻の雨を降らせた。

「んっ、や、ぁ……だめぇ、そこっ……んあぁっ」

ライナルトの舌先が偶然耳に触れたとき、ナディアが激しく反応した。だめと言いつつ、その声を聞けば感じているのは明らかだ。

「そうか……ナディアは耳を可愛がられるのが好きなんだな」

「あぁんっ、だめ……だめぇ……あっ！」

耳を舌で犯され、ナディアは喘《あえ》ぎながら身を捩った。その隙に、ライナルトは蜜壺の奥まで肉楔を突き入れた。

強い痛みに、ナディアは逃れようとした。だが、耳は舌で愛撫され、腰はライナルトに摑まれていて、逃げることなどできない。

「少し乱暴にしてしまったな。だが、じきによくなるから」

「んん……こんな、おっきぃの……あぁ……」

「あまり可愛いことを言って煽《あお》るな。手加減してやれなくなる」

涙を流して身を捩るが、ライナルトは笑みを深めるばかりだ。耳への執拗《しつよう》な愛撫はそのうち胸の頂《いただき》へのものに代わり、ナディアの悲鳴が嬌声に変わる頃には、彼の腰の動きも激しくなっていっていた。

「ナディア……奥まで入ったよ。狭くて、締めつけがきつくて……あぁ、気を抜くとすぐに果ててしまいそうだ」

そんな余裕のないことを言いながら、ライナルトは腰を大きく動かして抜き挿ししていた。引き抜くときに浅い部分を嵩《かさ》高い部分で擦り、突き上げるときまだ解れきっていない最奥を深々と抉《えぐ》るのだ。

「っん、あっ、あぁっ、ぁん、んんっ！」

今日まで誰にも踏み入られたことがなかったナディアの奥は、まだ硬くて快楽を拾うどころではない。奥を抉られるたび、痛みにも似た感覚が走る。

だが、浅い部分は擦られるたびにナディアに快感を与え、意識を押し流していくかのようだ。

「あっ、ん、あぁっ、あぁんっ」

「ナディア……そんなに締めつけて……焦らなくても大丈夫だから」

「んっ、あ、ひゃ、あぁっ」

ナディアが感じるに応じて蜜壺の締めつけは激しさを増し、ライナルトの顔からはどんどん余裕がなくなっていく。息も荒くなり、汗の雫《しずく》が滴り落ちた。

「ナディア……受け止めてくれ」

「あっ、あぁっ……あぁんっ」

「くっ……」

最奥を押し上げるように深々と穿《うが》たれたその瞬間、ナディアは頭の中が真っ白になるのを感じた。脳を焼くかと思うほどの快感に、意識が飛んでしまいそうになる。

体を激しく震わせ達したその瞬間、ライナルトのものも小刻みに脈動した。その脈動に合わせて、劣情の証がたっぷりとナディアの中に注ぎ込まれていく。

注ぎ込まれる彼の熱を感じながら、ナディアは改めて自分が彼のものになったのだと自覚する。自惚れかもしれないが、こうして抱かれたことで、彼が自分のことを本当に好きなのではないかと思えるようになった。

そんなふうに感じると、胸の奥から嬉しい気持ちが湧いてきた。肉体を包む快感の余韻と相まって、それはナディアを得も言われぬ幸福感で満たしていく。

蜜壺から自身を引き抜いてから、ライナルトはナディアの上に覆《おお》い被《かぶ》さってきた。

行為が終わってもすぐに体を離したりしないものなのだと、その些《さ》細《さい》なことにすらナディアは嬉しくなる。

汗に混じって、彼の匂いがした。それをつい嗅いでしまう。

「ナディア……くすぐったい」

「ごめんなさい。ライナルト様の匂い、好きだなって」

ナディアが脇の下に顔を埋めるようにして言えば、ライナルトはじゃれついてくる仔猫《こねこ》を甘やかすみたいに撫でてくる。

「お前それ……薄々感づいてはいたが、私の香水ではなく、私の匂いが好きなのだな」

「え？」

「気づいてなかったのか」

思わぬ嗜《し》好《こう》を指摘され、ナディアは戸惑った。だが、そう言われるとこれまでの様々なことが腑に落ちる。

「そうみたいです……ライナルト様の匂い、大好き」

「仕方がないことなんだろうな。匂いが好ましいと思う者同士は体の相性もいいというから」

「んぅ……」

ニヤリと笑って、ライナルトはナディアに口づけた。それが心地よくて、ナディアも自ら舌を絡める。

体の相性云々《うんぬん》については、わからない。だが、彼にこうして口づけられるのも抱かれるのも好きだ。

「……もう一回、しますか？」

口づけだけでとろけてしまったナディアは、期待を込めてライナルトに問う。

しかし彼は柔らかく微笑んで、ナディアの髪を撫でながら首を振った。

「初心《うぶ》な体に無理はさせられない。安心しろ。私はお前のものだよ」

その声や眼差し、手つきのすべてが優しくて、ナディアは彼に想われていることを再確認した。

（私、好きな人に大切にされているのだわ）

しみじみと胸の奥に実感が広がったことで、その幸福感に包まれて眠りについた。

第三章

いつものローレの屋敷のサロンでの倶楽部の集まり。いつもの顔ぶれ。

日頃からこのメンバーが集まればにぎやかで楽しいのだが、今日は常とは異なる熱狂ぶりだった。

その理由は、ナディアがライナルトとの婚約をみんなに報告したからだ。

手紙で知らせることもできたのだが、親しい人たちには直接伝えたかった。それにはこの秘密の倶楽部の集まりはうってつけだと思ったのだが、五人同時に伝えるのはまずかったかもしれないと、彼女たちの興奮ぶりを見て思う。

「すごいわ！　こんな物語みたいなことってあるのね！」

なれそめを聞いてからというもの、アグネスは感激しきりだ。彼女とは〝推しは恋愛対象ではない〟同志だと思っていたから反応が気になっていたものの、ナディアの幸せを喜んでくれているようで安心する。

倶楽部のメンバーたちにも、ライナルトとのなれそめは街で彼を助けたことになっている。実際のところは全然違うから嘘がばれないかと心配だったが、繰り返し話すうちに、人はこういったドラマチックなシナリオは案外信じてくれるものなのだと感じていた。

「憧れの方と街で偶然顔を合わせるなんてことも信じられないのに、その方の窮地を救って、そこから恋が芽生えるなんて……いいなぁ。女の子の夢が詰まっているわ」

そう熱っぽく言うヨハンナは、先ほどからしきりに手もとの紙に何かを書きつけている。もしかしたら、ナディアの話を聞いていいネタが浮かんだのかもしれない。

「今度の合同誌、テーマを変えなくていい？　アグネスもナディアも来春に挙式なのだから、二人の結婚を祝う内容にしてもいいかなと思うのだけれど」

「それはさすがに申し訳ないわ！　もう旅というテーマで動き出しているのだし、私生活の部分とこの活動は、気持ちとしては切り離しておきたいもの」

カトリナの提案を慌てて却下したが、アグネスも頷いていたから安心する。好意での申し出なのはわかっていても、推し活に私情を持ち込みたくなかったのだ。

「旅というテーマの他に二人の結婚を祝うテーマでもう一冊作れそうな気はしますけれどね。何せ、私にも推しができたので」

おっとりしたゲルダが興奮気味に言うのを聞いて、みんなが「どなた？」と食いついた。もともとナディアの婚約報告で場が暖まっていただけに、興奮はすぐに伝播《でんぱ》する。

「教会の神官様です。滅多《めった》に人前にはお出にならないと聞いていたのですけれど、この前偶然お見かけして……作り物みたいにお美しかったの。ほとんど白といっていいほどの透き通った金色の髪に、紫がかった灰色の目。お顔立ちは、それこそ女神像のようでした」

ゲルダがうっとりと語るのを聞いて各々頭に神官を思い浮かべたのだろう。サロンの中には溜め息が響いた。

「そんな美形でしたらきっと、すぐに若い娘たちの話題になってしまうでしょうから、それであまり人前に出られないのかもしれませんね」

ローレの言葉に、ナディアも同意する。頭の中には圧倒的美貌の神官が浮かんでいて、「これは傾国」などと考えていたからだ。

「そんなにお美しい方だったら、私もひと目お会いしたいわ」

「そうよね。もっと話題になったほうが、信者も増えるでしょうに」

そう言ってヨハンナとアグネスは頷きあっているが、傾国の美貌が教会にいたら信心どころではないだろうなと思う。少なくとも、ナディアはお祈りそっちのけで妄想が捗《はかど》ってしまう自信がある。

「ゲルダもその神官様とお近づきになれたらいいわね。熱心に通えば覚えてもらえて、そこから恋に発展するかも」

「それはないわ」

夢見るように言うカトリナに、ゲルダはピシャリと否定した。あまりの即答ぶりに、みんな目を丸くする。

「お顔立ちはとても素敵な方でしたが、何というか……口を開くと神秘が失われました」

「嫌な方だったのですか？」

ゲルダの独特な言い回しが理解できずにカトリナは首を傾《かし》げたが、ナディアは何となくわかった気がする。

要するに、〝解釈違い〟だったというわけだ。勝手にイメージを作って期待するのは本人には申し訳がないことだが、中身を知ってそのイメージから外れてしまってがっかりするというのはよくある。

好きだった漫画がアニメ化されて声が当てられたとき、その声質や話し方がイメージと違って嫌だったことが前世でもあったなと、ナディアは思い出していた。

「嫌な方かどうかは、わかりません。ただ、少しお話しただけでもとても浮ついているというか、軽薄な印象がありましたので……私は見ているだけで十分です。むしろ、口を開かないでほしいというか」

ゲルダの切実な訴えを聞いて、一同は深々と頷いた。みんな、多かれ少なかれ似たような経験をしたことがあるのだろう。

社交界では、姿はよく見かけるものの実際に話したことはないという相手が多く存在する。その相手と実際に話すと思っていたような人と違うというのは、良い意味でも悪い意味でも経験するのだ。だから、ある程度の実感を持ってみんな頷いた。

「そういえば、ナディアさんは実際にライナルト様と知り合って、思っていたのと違ったということはありませんの？」

アグネスが尋ねると、みんな興味津々といった様子でナディアを見た。

当たり障りのない答えを探して、少しの間笑って誤魔化した。嫌なわけでも後悔しているのでもないが、本音としては「こんなはずじゃなかった」が一番に来る。

「そうですね……冷たい印象を与える美貌の方ですが、意外に懐《ふところ》が深いと言いますか。結婚後もこの倶楽部での活動は、許可してくださるとのことなのでほっとしています」

みんなが意外がることといえばこれだろうかと、やんわりぼかして話してみると、案の定驚かれた。

「え、ちょっと待って……今後は私たちの創作物をライナルト様もご覧になるということですか……？」

「そ、それは大丈夫よ。我々が紳士の政治や倶楽部活動に口を出さないのが当然なように、紳士も淑女の世界に首を突っ込んではならないことは弁えている方ですから」

不安がるアグネスの言葉をすぐに否定したが、実際は活動内容をガッツリ知られているのだ。

会話がひと通り落ち着いたあとは、各々の活動の進捗状況を報告して会はお開きになった。

帰り際にみんなが口々に「ライラさんも次回は来られるといいですね」と言っているのを、ナディアとローレは目配せしながら聞いていた。

ローレが〝ライラ〟の協力者であることは、ライナルトから聞かされている。どうりでスムーズに倶楽部に潜入しているなと思ったが、よく考えればローレも公爵未亡人で、ライナルトに、もっといえば王家に近い人物なのはわかる。

ローレがこの倶楽部にいたのは偶然なのだろうが、こうして様々なことがうまく繋《つな》がってしまうと、してやられたという感じが否めない。

だが今は、たとえライナルトの都合のいいようにことが動いていると感じても、最初の頃のような嫌悪感はない。

なぜなら、自分が彼に大切にされていると感じているからだ。

「今日も来てくださったのね！」

屋敷に帰り着くと、敷地内にシュバルツアール家の紋が入った馬車が停まっているのを見つけて、ナディアは嬉しくなった。

忙しいはずなのに、折に触れてこうして会いに来てくれるから、今のところ不安にならずに済んでいる。

「お嬢様ってば……本当に単純でいらっしゃるんですから」

ナディアの喜びようを見て、外出に付き添ってくれていたレオナが呆れたように言った。

あの一夜のことを知っていて、なおかつ秘密裏に処理してくれた彼女は、ナディアが愛欲によってライナルトに絡めとられてしまったのだと思っている節がある。

間違ってはいないが、それだけではない。あの一夜があったからナディアはライナルトに心を開いただけで、もともと惹かれてはいたのだ。

それに気づくことができたから、あの夜の行為は必要だったとは思っている。もちろん、未婚の令嬢として軽率だったとは思っているが。

「……確かに単純だとは思うわ。あんなに結婚したくなかったのに、今では結婚したら毎日あの素敵な顔を眺められるんだと思って嬉しくてたまらないもの」

「そうか、お前は私のこの顔が好きなのだな」

レオナに返事をしたつもりだったのに、いつの間にかライナルトがすぐそばまでやってきていたらしい。さすがというべきか、全く気配を感じなかった。

「ごめんなさい。これから応接室へ向かうつもりでした」

素直に謝罪するが、ライナルトがナディアを解放する気配はない。捕まえたまま、顔を近づけてじっと見つめてくる。

「好きなら、存分に見つめたらいい」

「えっと……」

身動きが取れない状態で、しばらく見つめ合わされた。怒っているかからかわれているのかわからないが、そんなふうにされるとナディアの顔は見る間に真っ赤になる。

何せ、ライナルトは推しであり今では婚約者だ。二つの意味で大好きな人の顔がすぐ近くにあって、照れるなというほうが難しい。

そんな二人のやりとりを止めてくれたのは、レオナの咳払《せきばら》いだった。

「新しくお茶をご用意いたしますが、応接室に運びますか？　それとも、お嬢様のお部屋にしますか？」

「……応接室にお願い」

言外に、それ以上いちゃつくなら部屋に行けと言われたのだが、表向きは二人は清い関係だ。節度を持った付き合い方をすべきという自覚はあるため、二人はおとなしく応接室に向かう。

「そういえば今日は、お前にちょっとした贈り物があるのだった」

応接室に到着すると、ライナルトが小ぶりのトランクをナディアに差し出してみせた。促されて開けてみると、その中にはたくさんの書籍や紙束が詰まっている。

「これは……？」

「お前の創作物の資料になるかと思ってな。今ちょうど、旅をテーマに書いているのだろう？　だから、この国や周辺国の人気の街やそこを旅した人物の手記、ゆえあって出版までにはいたらなかった旅行記や、文化研究についてまとめた稀少本《きしょうぼん》なんかを持ってきた」

「わぁ……」

目の前に宝の山があるのだとわかり、ナディアは感激の声を上げた。これらは本屋では手に入れることはできないだろう。本として出版されていない手記の原稿なんかは、自分がこうして扱っていいのかどうかためらうほどの貴重なものだ。

「嬉しいです。でも……なぜ？」

「お前の書くものは面白いが、少し資料不足に感じるものも多々あったからな。趣味で書いているものにケチをつけるなと言われればそれまでだが、学べばさらに面白くなるだろうと思ったんだ」

「ひぇ……ありがとう、ございます」

ライナルトが真剣にナディアの創作物に向き合ってくれているのが意外で、喜びよりも驚きが先に立った。てっきり、ナディアが怪しい人物かどうか探るために倶楽部に潜入したのだとばかり思っていたのに。まさかきちんと読んでいるとは思わなかった。

「絵がうまいから、絵に頼りすぎるところがあるな。できれば文章で読みたい部分が曖昧になっていたり、書くことが避けられていたり」

「苦手なところは、どうにもふわっとさせてしまうというか……」

「それと、なぜ私はいつも男と恋愛している？　しかも、私以外にも実在の人物がモデルになっているようで、読んでいて落ち着かないのだが」

「それはまことに、申し訳ないとしかお伝えできないのですが……」

ライナルトの真正面からの批評に、ナディアはぬるい笑みを浮かべるしかない。言っていることは正論で、〝同士〟ではない人からの意見としては真っ当だ。

レオナがお茶を運んできてくれてからも、ライナルトはひとしきりナディアの創作物への感想を述べた。同士ではない人の意見というのは耳に痛いことばかりだが、彼と創作について語れるということが嬉しかった。

共通の話題なんてないのではと思っていたのに。彼がナディアに合わせてくれているのがわかって、それがまた嬉しい。

「こんなにたくさんの資料、嬉しいです」

「私は創作においてはお前のパトロンでいるつもりだよ。だから、ほしいものがあればまた言うといい」

「……ライラさんはもう倶楽部に遊びに来てくれないの？」

ナディアがからかうように言えば、ライナルトは少し寂しそうな顔をする。それから手を伸ばし、くしゃくしゃとナディアの髪を撫でた。

「お前に趣味を充実させてほしいと思うのは、仕事が忙しくて寂しい思いをさせることが多いのがわかっているからだ。ライラの姿になってでもお前のそばにいてやれたらと思うんだがな」

切なそうに言われ、ナディアは呑み込むしかなかった。

例の、シュバルツアール家の〝家業〟のことを考えれば、彼がとても忙しくて、こうして会いに来る時間だってどうにか捻出しているのは容易に想像ができる。

嬉しくて、そのことをつい忘れてしまっていた。

「……私に何かお手伝いできることはありますか？」

少しでも役に立ちたくてそう申し出ると、ライナルトは優しく微笑んで首を振った。

「また頼むことはあると思う。だが今は、いい子にしててくれるのが一番だな。できれば、趣味の創作に絡めて勉強でもしながら。〝公爵夫人〟の仕事も、難しいし忙しいぞ」

「……はい」

ナディアにはナディアの仕事や役目があるのだと言われたようで、俄然《がぜん》背筋が伸びた。

（そうか、私……ライナルト様の妻になるのね）

改めて自覚が湧いて、やる気になったのだった。


資料と称して様々な書籍や手記が収まったトランクをくれた日以来、ライナルトの訪問はパタリと止《や》んだ。忙しい合間を縫って会いに来てくれているのはわかっていたが、本格的に忙しくなったらしい。

それを寂しく思いつつも、ナディアは与えられたことに夢中になっていた。

国内はもちろん周辺国の地理や言語、文化や風習など、改めて学ぼうとするとこれまでぼんやりとしか知らなかったことが多すぎた。

ライナルトがくれた資料の中には、古い言語や外国語で書かれたものがたくさんあり、彼がナディアに学ばせたいという意図が伝わってくる。

創作という好きなことに絡めれば学ぶ意欲が湧くのではないかという、彼なりのナディアに対する理解なのだろう。その理解は概《おおむ》ね当たっていて、ナディアというか凝り性な人間のことをよくわかっているなと思う。

好奇心は強いほうだと思うし、好きなことのためなら突き進めるとナディアは自分のことを思っていた。

だが、好奇心や探究心だけで会得できるものには限界があり、学び始めて数日で早くも壁にぶち当たっていた。

「お兄様、ちょっと教えてほしいことがあるのだけれど」

ナディアは兄のエドガーの部屋を訪ねていた。

領地での厄介事をようやく片付けたという彼は、数日前に王都のこの町屋敷に到着したのだった。それからというもの、ナディアは頻繁に兄の部屋へ来ては教えを乞うている。

「勉強熱心だな、ナディア。今日は何を教わりにきたんだ？」

「隣国の言語なのですけれど、文章自体がかなり硬いもののようで、読めないところがたくさんあって」

エドガーはナディアが部屋に入ってくると、テーブルの上のものを片づけて場所を譲ってくれた。彼も何かを調べていたようで、何冊も難しそうな本が積んであった。

「お兄様も勉強ですか？」

「勉強といえば勉強だが、どちらかといえば調べ物だな。引っかかっていることの答えを探しているといった感じだ」

「もしかして……例の聖女絡みのことですか？」

ナディアの質問に、エドガーは少し悩んでから頷いた。

エドガーがひとりだけ王都へ来るのが遅れたのは、領地で問題が発生したからだと聞いている。

彼は次期領主として今は実務に当たるための経験を積んでいるのだが、数年前から父の代理として十分に役目を果たしていた。

そんな彼が手こずらされているのだから、この件は厄介なのだとわかる。

「うちの領地の教会が聖女のための聖堂を作ろうと寄付を募ってきたと言っただろう？あれはどうもこの国の教会全体の意向ではなく、あくまでも内部にある一派の動きということがわかったんだ」

「内部で意見が分かれているということですか？」

「そう。だから、出資して内部分裂に加担したと思われてはいけないから、領主である父に判断を委ねると言って、こうして逃げてきたというわけだ」

平和のために存在するはずの教会が争うことがあるのだなと、ナディアはぼんやり考える。だが、前世の記憶を振り返ってみても、宗教を巡る諍《いさか》いは起きていた。

「寄付を募るというのは建前で、どれだけの貴族が自分たち側についているかの確認かもしれないと父上は言っていた」

「お金がないのは、もしかしたら本当なのかもしれませんが……」

ナディアは、以前書店に向かうときに通りかかった石畳が壊れたままになっていたことをエドガーに報告した。レオナの言っていたとおりなら、あの地区の管理義務を負っているのは教会のはずである。

「なるほどな。そうなると、地方の教会だけでなく、王都の教会内部にも〝聖女派〟がいると考えたほうがいいのかもしれない」

「道路の修理などの正しく使われるべきところにお金を使わず、どこかへ横流ししている者がいるということですか？」

「断定はできないが、可能性としてはある。だから、慎重に動くためにも調べていたんだが……藪蛇《やぶへび》は嫌だなぁ」

ナディアと同じように好奇心は強いものの、危険なことはしたくないというのがエドガーの性質だ。

教会からの寄付のお願いが不審だと思ったのなら、それを突っぱねればこの話は終わりのはずだ。それをわざわざこうして調べているのは、跡取りである自覚からというより、好奇心からだろう。

ナディアはその気持ちを理解しつつも、同時にきな臭さも感じていた。

（こういった争いごとを防いだり収めたりするために、シュバルツアール家が動いているのね）

世界を知ると、見えるものが変わってくる。ナディアは今、急速に自分の見え方が変わっていくのを感じていた。

「つまりは、本来の教義に従う女神派と、新しくできた聖女派による内部分裂の可能性ということよね……新旧ヒロイン争いか。あるいは、メインヒロイン派とサブヒロイン派による争い？」

この国の宗教は、女神を崇《あが》めるものだ。天上から遣わせられた女神がこの大地を作り、植物を作り、人間をはじめとする生き物を育んだという教義である。

その女神の声を聞くことができる娘がたまに現れ、その者は聖女と呼ばれ教会に保護されてきた歴史がある。だが、何十年も前から形骸化してきており、本物の聖女は長いこと現れていないと考えられていた。

「もとから、聖女というのが神格化されすぎているのではないかというのは、気になっていたのよね。メインヒロインを脅かすほどのサブヒロインとか、解釈違いを起こしてもおかしくないもの」

聖女を過剰に持ち上げるというのは、いってみれば原作に楯突《たてつ》く二次創作者みたいなものだ。二次創作で好きにどんな展開を書くのも自由だが、それが原作よりも正しいと言い出すのはおかしいと、その手の過激派を見るたびに前世で感じていたのを思い出す。

「ナディア……自分なりに理解しようとするのはいいが、あまり変なことを言うなよ。創作物ではなくて、現実の出来事なんだからな」

「……はい」

エドガーに呆れた顔で注意をされ、ナディアはここへ来た本来の目的を思い出した。

「これ、お兄様は読めるかしら？」

「あー、これは古語が混じってるな」

問題の手記を見せると、エドガーは露骨に眉間に皺を寄せた。読めないのかと思ったが、どうやらそうではないらしい。

「父上や母上は無頓着だが、僕はナディアには改めて家庭教師をつけてやるべきだと思うんだよな」

「え？」

考え込む様子でエドガーは言った。

「父上たちはお前がシュバルツアール公爵に求婚されたと喜んでいるが、僕は正直、手放しに喜べていない」

「……彼との結婚は、反対ですか？」

不安になって尋ねるものの、そうではないことは何となく察していた。

「反対はしない。というより、伯爵家の分際で公爵家に逆らえるわけないだろ？　でも、公爵がなぜお前に惚《ほ》れているのかがわからない。わからないから、このままお前を無防備な状態で送り出すのが心配なんだ」

エドガーの言葉は、浮かれきっていたナディアの心に小石を落とした水面のようにさざ波を立てさせた。

何の取り柄もない、特に秀でたところのない令嬢を公爵が伴侶に選ぶわけがない――エドガーが言いたいのはこういうことだろう。客観的に見れば、ナディアも同じことを考えるに違いない。

「ナディアは可愛いと思う。地頭はいいから、公爵もお前と話していて退屈することはないかもしれないな。でも、それだけじゃ足りないと思うんだよ。――愛らしさも、それに対して与えられる愛も一過性だ」

エドガーが何を言おうとしているのかわかって、ナディアは頭が冷えた。

両親も使用人たちも喜んでくれ、彼らはナディアが幸運を掴んだと信じてくれていた。

だが兄は、その幸運を掴んだあとのことを考えて苦言を呈そうとしてくれている。それがわかったから、ナディアはきちんと耳を傾けることにした。

「本当に愛されたいのなら、相手にとって有益で有能でありなさい。妻として彼を支えられる存在になれば、お前の幸せはさらに約束されたものになるはずだ」

「……はい」

「本当なら、行儀見習いで宮廷に上がらせるくらいのことをしてやらなきゃいけないんだろうがな、公爵家に嫁ぐなんて。でも、そこまでしている時間はない。付け焼き刃でもいいから、これからしっかり淑女教育のおさらいをするんだ」

「わかったわ」

冷や水を浴びせられるような心地ではあったが、エドガーの助言はとてもありがたいものだった。そうでなければ、ナディアは無防備に何の武器も持たないまま公爵夫人の肩書きを背負うことになっていたのだから。

（私の能力はすごいと言ってくれたけど……それだけでは隣に並び立つことはできないものね）

冷静になったナディアは、両親に言ってすぐに語学とダンスの家庭教師の手配をしてもらった。

公爵夫人ともなれば、夫に伴われて隣国へ行くことも、そこで社交の場に参加することもある。そんなときに通訳を通さねば会話もままならず、困って薄笑いを浮かべてごまかす自分を想像したら、自然と学ぶことに身が入った。

最低限の読み書きさえできればいいと思っていたが、そんなわけはない。若いうちは笑ってごまかすことを許されるかもしれないが、歳を取ったときに自分に何もないのを想像すると、それはライナルトに愛想を尽かされるよりも怖いことだった。

だから、がむしゃらに家庭教師のレッスンに励んだし、自主的に学ぶことも欠かさなかった。

とはいえ、ずっと全力疾走していても息切れしてしまうから、その日ナディアは久しぶりに街へと繰り出していた。

本格的な社交シーズンが始まれば、日々はもっと忙しくなる。だからその前に羽を伸ばしておこうと、向かった先は書店が多く建ち並ぶ通りだ。書店へ行くのは何よりの気分転換になるのである。

「買ってもあまり読む時間を取れないかもしれないけれど、やっぱり面白そうな本を見つけると欲しくなっちゃうわよね。それに、流行りの本を一読しておくのも社交の場では必要なことだし。あ！　あれの新作が出たのね！　もうこれは仕方ないわ。物語の最後まで付き合うのはもはや義務」

書店の棚から棚へと移動しながら、ナディアは急速に自分の内側が満たされていくのを感じていた。やはり、娯楽なしには生きられないのだと改めて実感する。

「まさに、水を得た魚というやつですね」

隣に付き添っているレオナがボソリというのを聞いて、ナディアは自分がはしゃぎすぎていたことに気がついた。だが、レオナの顔を見れば、呆れているのではないとわかる。

「息抜きは大切ですから、いいと思いますよ。根を詰めても成果が上がるわけではありませんし」

「そ、そう……？　そうよね！」

普段はなかなか手厳しいメイドに甘やかすようなことを言われ、ナディアはさらに元気になる。

気になる本、シリーズをずっと追っている本、女性たちの間で人気の話題本など、片っ端から購入していった。

そしてホクホクとして店を出ると、レオナがナディアを促して歩き出す。

「そういえば、隣国などの外国語の本を多く取り扱う書店があるんですよ。そちらへ行ってみましょう」

「ただ言語を学ぶより、知っている物語の筋をなぞるほうが楽しいでしょうから」

「え？　ええ」

「……うん？」

機嫌よく本を購入したナディアは、自分が言葉巧みに勉強へ誘導されていることにすぐには気がつかなかった。それに気づいたのは別の書店へ連れて行かれたあとで、レオナがしっかりと有能メイドの顔をしているのを見て〝してやられた〟と悟ったのだった。

「エドガー様に、きちんと手綱を握っておくよう頼まれておりましたので」

「……わかったわ。楽しんだぶん、ちゃんと勉強に関する本も買って帰りましょう」

花嫁修行中の身だから仕方がないと、あきらめて従うことにした。それに、少しでも楽しくとっつきやすく外国語を学べるようにという気遣いは、とても有り難い。

店内は狭く、棚にぎゅうぎゅうと本が差し込まれていて、その中から目当てのものを探すのは難しそうだった。何せ、背表紙に書かれている文字すら外国語なのだ。

「店主に、戯曲集なんかがないかを尋ねてきますね」

「ええ、お願い」

レオナが店主を探してそばを離れたため、ナディアは自力でも何とか見つけられないかと店内をうろつく。

単品で見ればそこまで苦手意識を感じないだろうに、外国語の本が所狭しと並んでいる棚は圧迫感を覚える。

その圧から逃れようとフラフラと歩いているうちに、奥まったところまで歩いてきてしまっていた。

（何かしら、あれ？）

表からは見えづらい奥の棚の陰に隠れて、男性二人が肩を寄せ合っていた。その異常な距離の近さにギョッとするも、どうやら小声で話し込んでいるらしい。

男性たちの風貌は貴族と富裕層といった感じで、そこにどうにも怪しさを覚える。これがいかにもな学者風の身なりの二人であれば、こんな書店の隅で話し込んでいても違和感はなかっただろうに。

怪しい人物を見たらどうにも気になってしまい、ナディアは気配を殺して耳をそばだてた。

「……だろう……が、あのあたりも……なってるからな……」

「もうすぐ……だからな。それで……」

男たちの声は不明瞭で、コソコソしていること以外何も伝わってこない。ただ、どうにもきな臭い気配だけは伝わってきて、ナディアは必死に聞き取ろうとした。勘のようなものが、この男たちは怪しいと告げている。

「……じゃあ、今度の〝花のお披露目会〟で……すればいいか」

「ああ。次はいつになるかわからんからな。……で……なんだが……」

決して明るいところでは口にできないことを話している雰囲気なのに、それに不釣り合いな単語が耳に飛び込んできてナディアは気になった。

あきらかに、それそのものの意味ではないのだろう。断片的に漏れ聞こえてきた単語を繋《つな》ぎ合わせると、どうやら近々〝花のお披露目会〟という集まりがあるらしい。

せめてその概要と開催場所くらい聞けないものかと思って神経を尖《とが》らせていたが、邪魔が入ってしまった。

「お嬢様、古い作品ですが戯曲集があるそうですよ」

「え、あ、ありがとう」

店主にいろいろ聞いてきてくれたレオナが、店の奥までナディアを探しにきたのだ。ここでおかしな態度を取れば聞き耳を立てていたことがバレるため、何でもないような顔をしてそこから立ち去る。

「……お嬢様、何かありましたか？」

「あのね、お店の奥で男性二人が……いちゃついていたの。それが気になってしまって……」

どうにかごまかせないだろうかと、ナディアは苦し紛れにそう言った。それを聞いたレオナの目つきがさらに険しくなるのを見て、さすがに嘘だと見抜かれたかと冷や汗をかく。

「医学書だとか専門書の棚にいるから何事かと思ったら……男性たちのいちゃつきだったら誰でもいいんですか？　というより、創作物の中だけで我慢しないとだめですよ」

「そ、そうよね……気をつけるわ」

バレたのかと思ったがそうではなく、ものすごく呆れられたのだとわかった。馬車に向かいながら、とても大きな溜め息をついている。おそらく、自分の主人の節操のなさを嘆いているのだろう。

どうにかごまかせたからよかったものの、レオナにあらぬ誤解を受けているようで、ナディアは心外だった。

だがすぐに意識は、先ほどの男性たちの会話の内容に戻る。

（もしかしたら大したことじゃないのかもしれない。でも……何だか気になるからライナルト様に報告しよう）

そんなことを考えるものの、連絡手段が思いつかなかった。手紙なら出すことができるが、文字として残すのは何となくやめたほうがいいのかもしれないと考えたのだ。

そのくらい、ナディアの中で先ほど書店で見聞きしたことが引っかかっていた。

明日にでもシュバルツアール家の屋敷を訪ねようかと考えているうちに、馬車はグライスラー家へと帰り着いた。

敷地に停まっている馬車の紋章を見て、あまりのタイミングの良さに嬉しくなる。

「ライナルト様だわ！」

彼が会いに来てくれたのだとわかって、ナディアは嬉しくなった。話したいことがあったからというのももちろんあるが、やはり顔を見たかったというのが一番大きい。

だが、ナディアが小走りに玄関に向かうのと、ドアを開けて彼が出てくるのはほぼ同時だった。

「ライナルト様？」

「ああ、ナディア。こうしてひと目だけでも会えてよかった」

「もう、お帰りになるの……？」

寂しそうな彼の顔を見れば、自分の帰宅がひと足遅かったのだとわかった。彼は本当に隙間時間にこうして会いに来てくれたのだろう。

今日外出していなければ、もしかしたら一緒に過ごせる時間をたくさん持てたのだろうかと考えたが、後悔しても遅い。

ライナルトは目を細めて優しく微笑んでから、そっとナディアの耳に唇を寄せた。

「この前の仮面舞踏会で突き止めた奴らの動きが、どうにもおかしい。それを追うためにしばらく顔を出せなくなるかもしれない」

それは、手短な近況報告だった。ただ忙しくなると伝えるのではなく、その理由までつけ足してくれた。

大変な任務の中にあっても彼が自分を想ってくれているのがわかって、ナディアは嬉しくなる。それと同時に、彼の隣に立つに相応しくならなければという気持ちが強くなる。

「あの、実はさっき……」

「ああ……そんな可愛い顔で引き留めないでくれ。離れ難くなるじゃないか」

「ひぇっ」

先ほど本屋で見聞きした気になることを耳に入れようとしただけなのに、彼はそれを甘えてきたと解釈したらしい。ギュッと抱きしめて、ナディアの首筋の匂いを嗅いできた。

「これ、猫飼いが猫ちゃん吸うやつ……！」と、ナディアは内心思って真っ赤になる。もう、報告どころではなくなってしまった。

「わ、わかりました。お気をつけて」

「ナディアも、あまり根を詰めないように。お前の兄上からいろいろ話は聞いたよ」

ライナルトはナディアの髪を撫でて額に口づけを落とすと、颯爽《さっそう》と馬車に乗り込んでいった。残されたナディアはそれを頬を染めて見送ったあと、兄が彼に何を話したのか気になって慌てて屋敷の中に入った。

「お兄様！」

「おお、ナディア。ライナルトには会えたのか？」

応接室に駆け込むとエドガーはまだそこにいて、上機嫌でナディアを迎えた。この様子だと、彼が調子よくいろんなことを話してしまったのだろうなと思い、恥ずかしいやら胃が痛いやらでナディアの情緒は乱れる。

というのも、この兄は〝可愛い妹エピソード〟として、ナディアの子供の頃からの数々の失敗談を人に披露するのだ。エドガーにとっては可愛い話でも、それは聞く人によってはただのとんでもない話だ。

たとえば、種に似た形のお菓子を植えたらそのお菓子が生えてくると思い込んで地面に埋めてしまった話だとか。

虹の根本には宝物が埋まっているという話を信じて、馬に乗って信じられないほど遠くまで駆けていってしまい、屋敷中の使用人を総動員で捜索された話だとか。

美人になれるという噂を信じて、必死に後ろ歩きの練習をしていた話だとか。

どれもこれも、知恵の足りなさと強すぎる好奇心が合わさったとんでもないエピソードで、身内以外には話してほしくないものだ。

「……お兄様、ライナルト様に何か私の恥ずかしい話をした？」

「いや？　単に、家庭教師をつけて学び直してることを話しただけだが」

「そう……」

ひとまず、エドガーがナディアの子供の頃の話をペラペラしゃべっていなかったことにほっとした。ライナルトには有能だと思われたいから、なるべくならお馬鹿なエピソードは知られたくない。

「それにしても、彼は本当にお前に惚れているんだな。少し話しただけで、それがわかったよ」

この前はあんなことを言っていたのに、エドガーはすっかりライナルトとの結婚を認めてくれているようだ。

詳しく話を聞きたくて、ナディアは彼の前の椅子に腰かけた。

「ライナルトはお前と出会って、運命だと思ったらしいよ。モテる男が言うと重みが違うんだよな。彼はお前が、シュバルツアール公爵だからでもなく、みんなに人気者のライナルトだからでもなく、ただひとりの男として見てくれているのが嬉しいんだと。……欲に目が眩《くら》んでる女たちにうんざりしていたんだろうなぁ」

エドガーは今日話したばかりのライナルトのことをえらく気に入ったらしく、すっかり心酔してしまっている。

実際のところはおそらく、ライナルトにとってナディアは〝おもしれー女〟だから追いかけたくなったということなのだろうが、それをきれいな言葉で語ると先ほどのようになるらしい。

頭でわかっていても、婚約者が自分のことを惚気《のろけ》ていたと聞かされるのは、やはり気分がいいものだった。

「それでさ、ライナルトは俺のことも褒めてくれたんだよ。『ナディア嬢があんなに探究心に溢れ学びを欠かさないのは、身近な年長者の存在があってこそだろう』ってさ。やっぱり見る人が見ればちゃんとわかってくれるんだな」

なるほど、これが上機嫌の理由だったのかと、ナディアは納得がいった。

エドガーはきっと、若き美貌の公爵に己の功績を褒められ、自尊心をくすぐられたのだろう。

異性に褒められるのと同じくらい、魅力や能力のある同性に褒められるのは嬉しいものだという。その心理を巧みに突いてエドガーに気に入られているあたり、さすがライナルトと言わざるを得ない。

「『嫁いでくるその日まで、どうかしっかりと教え導いてやってください』って言われちゃったからさ、お兄様に何でも聞いて頼っていいぞ」

「え、あ、うん……」

ライナルトとどんな話をしたのか聞きたかったのに、結局エドガーが彼に褒められた自慢を聞かされただけだった。

こんなことならさっさと部屋に戻ろうかと思ったのだが、ふと今日あった出来事を思い出した。ダメ元で兄の力を借りてみてもいいかもしれない。

「お兄様、〝花のお披露目会〟って聞いたことある？」

「なんだそれ？　どういう文脈の中で出てきた言葉なんだ？」

もしかしたら貴族社会で通じる隠語なのではと思ったのだが、やはりエドガーは何も知らないようだ。逆に質問されてしまい、どうごまかそうかと考える。

「えっと……今日書店で立ち読みした本の中の会話で出てきたの。貴族の紳士と富裕層っぽい男のコソコソした会話だったんだけど。内容は面白くなくて買うのはよしておいたんだけど、今になってその会話の部分だけ気になってしまって」

「そういうことあるよな。なるほど、金持ち二人の会話か……コソコソしてるってことは、あまり人に聞かれていい会話ってわけじゃないんだろうなぁ」

エドガーはナディアの説明に疑問は持たなかったらしく、真剣に考えてくれ始めた。

「おそらくそれは、何かの取り引きじゃないか？　で、〝花のお披露目会〟っていうのが取り引きの場所。あとは、何を取り引きするかだよな」

「もしかして、そのものズバリ〝花〟だったりするのかしら？」

「んー……花であればコソコソしなくても、それこそ花束とかに隠してやり取りすればいいだろ。だから、公にはできないブツなんじゃないのか？」

ナディアも一緒になって考えてみるが、さっぱり答えは出てこない。だが、少しずつ何かに近づけているような気はしていた。

「花か……花といえば、娼婦の隠語だったりするな。案外、そういう助平な話だったりして」

「あ、花って……そっか」

エドガーの言葉を聞いて、ナディアは途端に腑に落ちた。〝花売り〟という言葉もあるように、その手の職業やそれの売り買いを花にたとえることはよくある。

「ただ、そんなにコソコソしてたんなら、ただの女遊びじゃなくてもっと地下組織的な悪いものかもな。そして、そいつらが話してた場所こそ拠点もしくは近くってオチだろ。物語的には、もうすぐ事件が起きるって感じかな」

エドガーとしては小説の筋書きを予想しているだけだから、推理できて妙にすっきりしている。

だが、それを聞いたナディアは背筋がゾクリとしていた。

(それってつまりあの書店かその近くが〝花のお披露目会〟の開催場所で、もうすぐ地下組織的な何かが動き出すってこと……?)

そんなことを考えて怖くなった。そして、できるだけ早くライナルトに報告しなければと思う。

「あの、お嬢様……少しよろしいですか?」

応接室を出ると、メイドのひとりに声をかけられた。まだ年若く、レオナが指導に当たっている子だ。

「どうしたの？」

「あの、それが……レオナさんがまだ戻ってこないんです。お嬢様には、少し遅くなると伝えてと言われていたのですが……」

おどおどして声をかけられたから何かと思ったが、どうやら報告するタイミングがわからず困っていたらしい。しかも、エドガーには聞かれたくないことだったから、なおさら応接室にいる間は声をかけられなかったのだろう。

「屋敷にいないことがバレるとレオナが怒られるって心配してくれたのね。それは私がごまかしておくからいいわ」

ナディアが請け合うと、そのメイドはようやくほっとしたようだった。だが、それでもまだ不安そうだ。

「ここのところ、怖い噂があって、それで心配になったんです」

「まあ……どんな噂？」

「見目のいい若い女の子がさらわれるっていう……レオナさん、美人だから人攫《ひとさら》いに捕まっちゃうって注意したのに、笑って信じてくれなくて……」

「それは、心配ね……」

このメイドは怖がりで少し泣き虫なところがあるから、レオナの反応もわからないでもない。ナディアも日頃なら、笑ってなだめてやるだけだっただろう。

だが今は、自分の中で何かが符合しかかっていて、それがとても恐ろしかった。

「ちなみに、レオナはどこへ行くと言って出かけたの？」

自分の中の推理が間違っていると思いたくて、尋ねていた。だが、メイドの答えを聞く前から嫌な予感はどんどん膨らんでいき、動悸《どうき》がしてきた。

「本……書店です。お嬢様と一緒に買いに行った本が一冊ないから、取りに行くと言ってました。『代金だけ払って物を受け取ってないなんて失態だわ』って」

「え……」

予感が的中して、ナディアは倒れそうになった。だが、それをこの年若いメイドに悟らせるわけにはいかない。

平静を装って、今から取るべき行動を考える。

一刻も早くレオナを探しにいってやりたいが、正面切って話をしたところで、誰も動いてはくれないだろう。だからといって、ナディアの推理を話すわけにもいかない。それはつまり、自分の秘密や、ライナルトが国に託されている〝仕事〟について暴露してしまうことに繋がるから。

「それなら、少し時間を稼いであげましょ。あなたは今からお茶を淹《い》れてきて。他の人には『お嬢様にお茶の練習に付き合ってもらう』と言えばいいわ」

「わかりました」

とりあえずこの子を落ち着かせるのが先だと思い、適当な指示を出した。

お茶が来るまでの間、ナディアは手紙を書くことを思いつく。

秘密を守らなければならない以上、頼れる相手はライナルトだけだ。今すぐではなくとも、仕事の合間に帰宅したときにでも読んでくれればと思う。

本当ならできるだけ経緯を細かく書きたいが、読んですぐ内容が理解できるものが望ましいだろう。だから、書店で聞いた怪しい男たちの会話とメイドから聞いた人攫いの噂、それからレオナが戻らない旨を書き記した。

メイドがお茶を運んできたときに、その手紙を従僕に渡すよう頼んだ。メイドはお茶を淹れるうちに落ち着いたようで、「婚約者様へのお手紙ですね」と笑っていた。だからナディアも笑い返し、心の中で覚悟を決めた。

（一晩待ってもいいかもなんて一瞬思ったけれど……そんなの、だめだわ）

窓の外に視線をやれば、宵闇が迫っていた。これから一気に暗くなるのだろう。

夜会のシーズンが始まれば、これより遅い時間に出かけることなんてよくある。そのときは何も思わなかったくせに、これからもしかしたら怖い場所へ出向かなければならないのだと思うと、外へ出ることがためらわれた。

それでも、行くしかないのだ。

人攫いの噂だけでも不穏なのに、そこに〝花のお披露目会〟なんて単語が結びついてしまっている。もしそれにレオナが巻き込まれているというのなら、助けてやるのが主人の務めだ。

そして、うまくやって何か情報を掴めれば、それはきっとライナルトの役に立つ。

「……そうよ。私は、ライナルト様の妻になるのだから」

口に出して言ってみると、途端にやる気が湧いてきた。そのやる気が消え失《う》せないうちに、こっそりと屋敷を抜け出すことにする。

夜の闇に溶け込めるように、それでいてきちんと〝金持ち〟の身なりに見える格好を選んで着替えた。それからそろりと部屋を出て階下へ行き、誰にも見咎められないように使用人たち用の出入り口から外へと出た。

まるで不良娘のようだなと思いつつ、罪悪感よりも高揚感が勝っていた。バレたらどうしようという緊張が、お忍びの外出に成功した今、自信に変わったからだ。

（〝花のお披露目会〟ってきっと、闇オークションみたいなものよね。……私が嗜んだことのないかつてのＢＬには、そういうのもあったらしいけれど）

前世の記憶の中におぼろげにある、古き良き時代のＢＬの筋書きに思いを馳せて、ナディアは緊張を紛らわせていた。

「あの、ちょっとお尋ねしたいことがあるのだけれど」

意を決してナディアは書店に入って、カウンターにいる店主に声をかけた。

「何でしょう？」

「ここにさっき、若い女性が来なかったかしら？　忘れ物をしたとかで」

「……若い女性？　さあ？　うちにはいろいろ来るからね」

店主の反応から、レオナがここへ来たことは察せられた。そしてそれを店主が隠そうとしたことも。

問題は、彼女の店を出てからの行き先だ。

「そう、ありがとう。……ところで、私も〝花〟を買いたいのだけれど」

もうひとつの気になることを確かめるために、ナディアはカマをかけてみた。エドガーの推理どおりなら、店主もグルだ。そして、隠語を口にすれば何らかの情報をもたらしてくれるだろう。

「ああ、それなら……それなら、この店を出てさらに奥へ進んだところさ」

店主はあっさり開催場所を教えてくれた。

やはり、昼間見た男たちがこの書店であんな会話をしていたのは、ここの店主もグルだったからのようだ。

エドガーの名推理に感謝しつつ、ナディアは教えられた会場へと向かった。場所は書店からさらに奥まったところにある半地下の酒場。階段を下りてそのさらに地下に入るのだと聞かされていたのだが、不慣れでおまけに暗いため、その出入り口を探す際にもたついた。
そんなときに、殺気立った男たちが走ってきた。
「こんなところにいたのか！」「もう逃さねぇぞ！」「命が惜しけりゃおとなしく出品され
ろ！」
男たちの口から次々に飛び出す言葉を聞く限り、どうやらナディアはオークションの
〝商品〟だと勘違いされているらしい。
「ち、違うわ！　私は商品じゃなくて買う側よ！」
「没落令嬢はみんなそう言うんだよ！」
抵抗虚しく、ナディアは男たちに捕まえられてしまうと、会場である酒場へ続くと思し
き裏口から担ぎ込まれ、縄で縛られてから冷たい床に転がされてしまった。会場への潜入
が、思わぬ形で叶ってしまった。
（せめて、他の女性たちと同じ部屋に閉じ込められてたのならよかったのに……）
ひとりきりで床に転がされていると、情報収集もできない。ナディアはこうして捕まっ
てしまったわけだが、ただでは起きないつもりだ。救出されるかどうにか逃げ出したあと
のために、少しでも情報を得てやると思っている。
（とりあえず……何か物音だとか話し声だとかが聞こえる場所に移動しなくちゃ）

声も出せないし歩くこともできないが、芋虫のように這って動き回る。酒場の地下に連れて来られたのはわかっているのだ。だから、どこかにうまく耳を当てれば、オークション会場や別の部屋の様子を探れるだろうと踏んだ。

とはいえ、これまで伯爵令嬢として大事に育てられてきたナディアに、器用に這って移動することなどできない。這《は》いずり回るうちに肩や頬が痛くなり、そのわりには大した距離を移動できていない事実に泣きそうになってきた。

それでも、あきらめずに這い回っていくと、外の音を拾える場所を見つけた。

そこは上へと続く階段のそばで、単純に階上の音が響いてきているようだった。

（音楽が聞こえてくる……それに、ガヤガヤと騒ぐ声がする）

まだ〝花のお披露目会〟は始まっていないのか、酒場からはにぎやかな音しか聞こえてこない。オークションなら、値を競り合って入札する様子が聞こえてきそうなものなのに。

もしかしたら、お披露目会は隠語でも何でもなくて、花と呼ばれる何かを披露する会なのかもしれない。

そんなふうに考えた直後、別の場所から悲鳴が聞こえてきた。

『やだー！　離してー！』

『うるせぇ！　暴れんな！』

女の子の悲鳴と、それを遮る男の怒号。そして、殴るような鈍い音が続いた。

『……うぅ……おとうさん、おかあさん……』

『恨むなら借金と一緒にお前だけ残した親を恨め！　お前の親が約束破って返さなかった金をお前が返すんだよ！』

『はなしてぇ……』

殴られたのが痛かったのか、女の子の声は弱々しくなり、やがてそれは啜り泣きに変わった。その声が遠ざかっていき、彼女がどこかへ連れて行かれたのがわかる。

そして、気がつけば音楽は止んでいた。

そのあとは、ナディアの予想通りの展開だった。

競売人が〝商品〟の説明を読み上げ、スタートの入札金額を伝える。それに応えて、どんどん値がつり上がっていく。

競売人と入札者の声、それを受けて会場に響くどよめき……すべてが異常で、耳を傾けるうちにナディアは気分が悪くなってきた。

最初の女の子がひどく殴られているのを見ているからか、続く女性たちは抵抗なく連れて行かれたようで、オークションは次々と進んでいっているのがわかる。

「おら。次、お前の番だ」

じっと耳を澄ませていると、階段上の板が外され、男が現れた。男は降りてくると、ナディアの足の縄を切る。自分で歩いて階段を上がれということだろう。

抵抗しようかと、ナディアは悩んだ。この男ひとりならば、不意を突けば逃げられるのではないかと思ったのだ。

だが、運良く逃げられてもそのあとどうすればいいかが思い浮かばない。規模が何人くらいかもわからないし、二人目以降を倒せる自信もない。何より、すぐそばにいるこの男を振り払って逃げられる確証もないのだ。

それならば、無事でいることを優先するべきなのだろうと、ナディアはおとなしく従うことにした。とはいえ、後ろ手を縛られている状態で階段を上がるのは難しく、なかなか上がれずに男に何度も小突かれた。それでもじっと耐え、舞台裏を通ってオークションの場へと引っ立てられていった。

怪我《けが》をするわけにも、ましてや死ぬわけにもいかない。たとえこれからオークションにかけられ、どこかの誰かに落札されたとしても、生きてさえいればどうにかなる。

そう気持ちを切り替えて臨んだものの、衆目に晒されると途端に足が竦《すく》んだ。いつの間にか、体が震えている。

（こいつらが、女性たちを……）

舞台上から客席を見下ろし、ナディアは体の芯が冷えていくのを感じた。恐ろしさだけではない。怒りもある。

外から見ると狭そうに思えた酒場は意外に広さがあり、その店内には男たちがひしめいていた。女もいるにはいるが、数は圧倒的に男が多い。それぞれに下卑た笑みを浮かべ、舞台上のナディアを見つめている。

そんな視線に晒され、悔しさと怖さで叫び出しそうだった。誰に落札されても、碌《ろく》な未来は待っていないのがわかる。だから、叫ぶ代わりに端からひとりひとりの顔をしっかりと目に焼きつけていく。

疚《やま》しい場では顔を隠すのが習わしなのだろうか。仮面舞踏会のように、客席のものたちは顔を隠している。それでも、ナディアはひとりひとりの耳の位置、体つき、身のこなしなどを記憶に焼きつけようとした。

「それでは次の商品はこちら。とある名家のお嬢様。訳あって借金のカタとしてこちらに流れて参りました。名家のお嬢様なだけあって、しつけは十分。歌にダンスに刺繍《ししゅう》もできる。お行儀がいいので可愛い愛人にぴったり。もちろん、高貴な血筋の娘を貶《おと》しめてみたいという方にもおすすめ。まずは――」

競売人の前口上のあと、ナディアの入札が始まった。おそらくスタート値は他の女性たちより高く設定されているようだ。それでも、次々に手が挙がる。

値はどんどんつり上がっていったが、やがてそれは二人の男の競り合いに変わっていった。

そのうちひとりの男を見て、ナディアは思い出した。

（あいつ……仮面舞踏会で女性をたくさん侍らせてたやつだ！）

あの吐き気がするようなにおいを思い出し、ナディアは気持ち悪くなった。だが、それにより記憶がさらに鮮明になる。

目元や鼻を隠していても、特徴的な少し尖り気味の耳や、顎の線には見覚えがある。

（絶対に忘れない。どうにかしてライナルト様に言いつけてやるから……！）

こみ上げる怒りと恐怖に目眩《めまい》を起こしそうになりながらも、ナディアは〝先〟のことを考えてどうにか意識を保っていた。

競り合う声の間隔が開くようになってきた。どちらかがもうこれ以上は出せないとなったら、そのとき最高値をつけている者がナディアを落札するのだ。

もうこれで決してしまうのかと思ったそのとき。

酒場の出入り口ドアが勢い良く開けられた。そして、物々しい集団が中へと入り込んでくる。

「憲兵隊だ！　おとなしくしろ！」

先陣を切ったひとりが叫んだ次の瞬間には、舞台裏へと続く通路からも大勢が駆けてきた。

会場内にいた者たちは、捕まってなるものかと逃げ惑った。だが、出入り口をどこも塞がれてしまっては逃げ場などない。次々と捕縛されている。

それを見守っている間に、酒場の中にいた者たちはどんどん外へと連れ出されていった。悪人たちを捕縛して、ようやく余裕ができたのか、憲兵隊員のひとりが舞台上のナディアに気がつき、やってきた。

やっと助け出してもらえると思ったが、その猛然と向かってくる様子があまりに怖い。思わず腰が引けてしまったが、その人物が手の届く距離に近づいた瞬間、嗅ぎなれた香りが鼻に届いた。

「ライ……」

「声を出すな！」

猿轡《さるぐつわ》を外してもらってすぐに名前を呼ぼうとしたが、すぐさま大きな手のひらに口を塞がれてしまった。射抜くような視線を向けられ、ナディアは竦《すく》み上がる。

変装して、髭をはやした怖い顔の憲兵隊員になりきっているが、それはまさしくライナルトだった。

彼が助けに来てくれたのだと喜んだのも束の間、肩に担ぎ上げられ、荷物のように運ばれていく。その優しくない扱いからして、ひどく怒っているのがわかる。

担がれたまま表に運ばれて、それから馬車へと乗せられた。そこでようやく、ライナルトは口を開く。

「……お前は、私の寿命を縮めたいのか」

深々と吐いた溜め息のあとに思わず漏れたといった感じの、小さな声だった。だが、それだけにナディアの心に突き刺さった。

自分がいかに彼に心配をかけ、苦しい思いをさせたかがわかる。その申し訳なさと、助かったという安堵から、ナディアはボロボロと涙を溢した。

「……ごめんなさい」

言わなければならない言葉はたくさんあるが、ようやく紡げたのはそれだけだった。

「もともと、やつらの活動については察知していた。一斉に叩かなければ取りこぼすと、その機をうかがっていたんだ。それでようやく今夜突入することが決まっていて、準備をしていた矢先にナディアから手紙が来たと知らせがあった。読んでみて、偶然にもこちらの状況に結びついていて、肝が冷えたさ」

苦々しげに吐き出されるライナルトの言葉を聞いて、ナディアは自分があまりにも愚かだったことを知った。

「急いでグライスラー家の屋敷に使いをやれば、お前がいなくなっていることを聞かされた。しかも、こっそり抜け出したがために、誰もお前の不在に気づいておらず、いなくなって何時間経っているかもわからないときた。もしやと思って酒場近くにやってきたら、どうにか逃げおおせたらしいお前のメイドを見つけたから保護した」

「……では、私が屋敷でおとなしく待っていれば、無事に片付いていたということですか……？」

レオナの無事を聞かされてほっとすると同時に、自分の空回りによって大変なことになっていたのだとわかり、体から力が抜ける思いだった。

怖い思いをしたし、ライナルトに心配をかけた。今頃、グライスラー家は大変な騒動になっていることだろう。

レオナや、あの年若いメイドが叱られることになったらどうしようかと心配になったが、それでも自分のしたことのすべてが間違いだったとは思えない。

「〝花のお披露目会〟という単語の謎が解けたとき、人攫いの噂を聞いて頭の中で合致して、そこにレオナがいなくなったと聞いて……いてもたってもいられなかったんです。私にとってはただのメイドではなくて、大事なの……」

無事だとわかっても、彼女を失っていたかもしれないという恐怖は消えない。それで自分が捕まってしまったのはあまりにお粗末だが、わがままや身勝手のつもりはなかったのだと、ライナルトにわかってほしかった。

「怒って悪かった……というより、怒っているんじゃないんだ。お前があのメイドを心配して苦しんだように、私もお前の家族も胸が潰れそうになるほどつらかったんだ。……わかるだろう」

「うぅ……」

荒々しくその腕の中に閉じ込められ、ナディアは泣いた。子供のように、ただ泣きじゃくることしかできない。

「今回のことは、私の落ち度でもある。お前の賢さを信じて、すべて話していれば、お前は危ういところに近寄らずに済んだし、こうして巻き込まれることもなかっただろう。だがな……あまりに醜いことを、可愛いお前の耳に入れたくなかったんだ」

ライナルトは腕の中のナディアの存在を確かめるかのように、力を込めて抱きしめた。そうされると苦しくなったが、それほどまでに彼が苦しんだのだと思い知らされる。

「ああして買われた女性たちがどんな目に遭わされるのか、お前の耳に入れたくなかった。あんな世界があることも……」

会場にいた男たちの下卑た雰囲気を思い出せば、ライナルトの言っていることは想像できる。あんな男たちに買われれば、人間としての尊厳も何もかも奪われてしまうのだろう。舞台に上げられ、彼らの視線に晒されただけでも、その一端に触れてしまった。あれとは比べものにならないほどの屈辱が待っているのだと思うと、怖さが蘇《よみがえ》ってくる。

「私にはお前や、お前が大事に思っているものを守るだけの用意がある。だから、これからは私を信用して頼ると決めたのなら、おとなしく待っていてほしい。……お前を失うかもしれないという恐怖を味わわせないでくれ」

「……はい」

ただ守ると漠然と言うのではなく、ライナルトはいざとなれば憲兵隊と共に突入してくるくらいのことはするのだ。それがわかったから、ナディアはこれからは自分で危険なことはすまいと決めた。

「私の妻になるのだから、身を守るための術《すべ》も教えていくが……追々だな」

抱きしめられて安堵したナディアは、眠たくなってふわふわと欠伸《あくび》をしていた。それを見たライナルトは、ナディアの髪を優しく撫でる。

やがて馬車の揺れが止まり、どこかについたのだとわかった。

「……ここは、どこですか？」

てっきり自宅へ送られると思っていたが、どうやらそうではないらしい。

「ここは〝ライラの屋敷〟だ。グライスラー家には万が一のことを考え、一晩預かると伝えてある」

「万が一……？」

「救出したお前がボロボロの姿だった場合、そのまま家に帰せるわけがないだろう？　秘密裏に医者を呼んで処置をせねばならないとき、この隠れ家のほうが都合がいいと考えたんだ」

〝ボロボロ〟というのが言葉通りの意味ではないとわかって、ナディアは言葉を返せなかった。こうして無事でいるものの、もし辱めを受けたのであれば、そのまま家に帰ることはできなかっただろう。そんな姿を見せれば、母はきっと寝込むに違いないし、父も兄も心労で倒れるかもしれない。

改めて、何もされずに済んだ幸運を思った。

「今度何か火急の用件があれば、このライラの屋敷に連絡しろ。そちらのほうが私に早く知らせが届くし、何よりも急ぎであることがすぐわかるからな」

その火急の用事が今後ありませんようにと願いながら、ナディアは頷いた。改めて、自分は普通の貴族に嫁ぐのではないのだと理解する。

「さあ、疲れただろうから今夜はもう休みなさい。お前のために用意した部屋には、レオナというお前のメイドもいるからな」

「え、あ……はい」

抱きかかえられて屋敷に運ばれたから、てっきりこれからたっぷりと可愛がられるのかと思っていた。

疲れてはいたが、同時に期待もしていたから、拍子抜けしてしまってナディアは戸惑う。

その戸惑いを察したのか、ライナルトは少し悪い顔で笑った。

「大変な目に遭った婚約者に無体を働く男だと思われているのか？　心外だな」

「そういうわけじゃ……」

「また今度可愛がってやる。……それに、心配せずとも結婚すれば毎晩たっぷり甘やかしてやるから」

からかうように言って額に口づけを落とされて、ナディアは閉口するしかない。仕方なく、促されるまま部屋の中に入った。

「お嬢様……！」

「レオナ！　ああ、よかった……怪我はないのね？」

「お嬢様こそ、よくぞご無事で……」

部屋の中に入ると、疲れた様子のレオナが駆けてきた。彼女はナディアの全身を隈《くま》なく確認すると、安堵したようにギュッと抱きしめてきた。

日頃はクールな彼女のストレートな愛情表現に、ナディアは嬉しくなった。そして、それほどまでに心配をかけてしまったのだと思い知る。

「私が勝手な外出などしなければ、お嬢様を危ない目に遭わせることなどなかったのに……本当に申し訳ありません。これまで何度か、足りないものをこっそり用立てたりなど、短時間だけ屋敷を空けることがあったので、油断しておりました」

「あなたは抜け目ないと思っていたけれど、裏ではそういった努力があったのね。いけないのはすべて、悪いことをするやつらよ。だから気に病まないで。でも……お互い気をつけましょうね」

ナディアは、こうしてお互いに無事だったことを嚙《か》み締《し》めた。運が悪ければ、どちらかあるいは両方が、今ここにいなかったのかもしれないのだから。

「それにしても、あの悪いやつらに捕まったのに逃げ出すなんて、レオナはすごいのね」

改めてレオナと向き合って、彼女が本当にどこも怪我をしていないのを確認してナディアは感心した。ナディア自身は手荒に扱われただけで済んだが、それでも体のあちこちが痛くなっている。

「私は……まあ簡単に言うと腕に覚えが多少ありますから」

「う、腕に覚え……？」

「ガキ大将だったんですよ。ある程度の年齢までは、男の子相手にも負けなしだったんです。……恥ずかしいので、旦那様たちには内緒にしてください」

上品に笑ってみせたレオナの凛《りん》とした感じに、ナディアはもしや……と思い至る。

レオナは前世の世界でいうところの〝元ヤン〟というやつなのかもしれない。それならば、彼女のクールビューティーな感じも、悪いやつに捕まりそうになったのに無事に逃げられたのにも納得がいく。

（何となく、〝姐《あね》さん〟って感じするものね……）

妙に納得するとともに、ますますレオナに対する信頼が厚くなった。

「今回の件で、シュバルツアール公爵たちが追っていたやつらの尻尾は摑めたのではないかと聞きました」

ナディアの寝る支度を調えながら、レオナは自身が聞かされた内容について簡単に説明してくれた。

ライナルトが追っていたのは、この国に蔓延《はびこ》る不正な金の流れだったのだという。ある貴族の一派が人身売買を行い、それによって金を集めていたらしい。ナディアが仮面舞踏会で見た怪しげな男たちも、会場となった屋敷の隠し部屋で密談をしていたようだ。

「あとは、その集めたお金で武装しているのか傭兵《ようへい》を雇っているのかなどの調査をしていくそうです。ほぼ取り逃がすことなく今日の現場は押さえたとのことですので、あとは芋《いも》蔓式《づるしき》に上の人間まで引っ張り出せるでしょう」

ドレスを脱がせ、楽な格好に着替えさせると、レオナはさあ寝ろとばかりに寝台に促す。包み隠さずに自分が聞いたことを話してくれたのも、ナディアが気になって眠れなくなるのを防ぐためだろう。

いつもなら食い下がってもう少し話を聞きたがるのだが、今日ばかりは疲れてしまった。だから、素直に寝台に横になる。

だが、ひとつだけ気になって、口にしていた。

「……尻尾は摑んでも、まだ頭を押さえたわけじゃないのよね？」

何となくこれだけでは終わらない気がして、つい言葉にしてしまった。言葉にすると、その不安はさらに大きくなる。

「もう……変なことを考えていないで寝てください。無事に帰ってこられても、疲労で倒れたら意味ないんですよ」

「……わかったわ」

自分が休まなければレオナも休めないことに思い至り、ナディアはもう考えるのをやめた。

枕元のランプだけを灯した薄暗い部屋の中、目を閉じればすぐに眠りに落ちていきそうだった。

しかし、今日の出来事を思い出して呼応するように心臓が跳ねたため、完全に眠るには至らなかった。

無理やり捕まえられたのも、そのあと縄で縛られ猿轡をされたのも怖かったが、何より恐ろしかったのは自分に向けられた厭《いや》らしい視線だ。

特に、最後までナディアを競り合っていた男たち二人の視線は嫌だった。仮面越しでもわかるほどの粘着質な視線は、思い出すと肌の上を這い回るようだ。

あの男たちは、金でナディアを買って好きにしようとしていたのだ。どんな辱めを受けさせられたのだろうかと考えると、肌が粟立《あわだ》つような激しい嫌悪感を覚えた。

（私に触れていいのは、ライナルト様だけよ……）

穢《けが》れた視線に肌を撫でられたような感覚を拭うために、ナディアはライナルトに愛でられたあの夜のことを必死に思い出そうとした。

抱きしめられた力強い腕や、優しく撫でる指先、敏感な部分を甘く刺激されたり、彼のものに深々と穿かれて体の奥まで暴かれたりする快楽を。

そのうちに彼の息遣いや愛撫する指先の感覚まで鮮明に思い出されて、ナディアは身をよじった。

甘美な記憶に溺れて眠りについたから、夢を見たのだろうかと思った。

だが、着ているものをめくられ、胸の頂に柔らかくて湿ったものが触れる感触があまりにも生々しくて、ナディアの意識は覚醒した。

「ん……ライナルト様……？」

呼びかけると、胸の頂を舐めていた舌の動きが止まった。薄目を開けてみれば、ナディアの体の上に覆いかぶさるようにして乗っている誰かの姿が見える。

ひとつだけ灯したままのランプに照らされ、銀髪がほんのりと輝いていた。いたずらが見つかったように気まずそうに上げられた青い瞳と目が合って、ナディアはひとまず彼の髪を撫でた。

「……すまない。疲れたお前に手を出さないと言いつつ、やはり堪えられなくて」

「もしかして、長いこと触れてらしたのですか……？」

夢だと思っていたことが夢ではなかったのかもしれないと思い、ナディアは急に恥ずかしくなった。夢の中だと思ったから、息を荒らげることにも声を漏らすことにもためらいがなかったのに。

「すまない……よく寝ていると思ったら、あまりに可愛くて、撫でているうちにもっと触れたくなってしまったんだ」

「それは、いいんです……でも、恥ずかしい」

眠ったままの自分を前にして彼が劣情を滾《たぎ》らせていたのだと思うと、ナディアは何とも言えない気分になった。当然、嫌なわけではない。むしろ、どんな感覚がしたのだろうかと、興味が湧く。

あのままもし、彼が眠っているナディアの奥へと分け入っていたのなら、夢の中でその快感を感じたのだろうか。

目覚めてしまったことでそれが味わえないのだと思い、口惜しいと感じていた。

「あの……続きはしないのですか？」

おずおずと尋ねれば、あからさまにライナルトが驚くのがわかった。

彼の愛撫によって性感は目覚めさせられ、体の奥は甘美な熱に疼いている。

今さら今夜は手を出さないと言われたところで、そんなのは思いやりでも何でもない。

それなのに、ライナルトにはためらう様子が見えた。

「……眠っている私にしようとしていたことを、してください」

「お前……」

ナディアが目をつむって見せると、逡巡《しゅんじゅん》するのが気配で伝わってきた。だが、すぐに開き直ったのか、再び胸に触れてきた。

「ん……」

胸の頂を弄ぶようにクルクルと指を動かせられ、ナディアは思わず声を漏らした。舌先で触れられるのとは異なり、気持ちよさよりもくすぐったさが勝る。だが、そのくすぐったさの奥からじんわりと気持ちよさが滲んできて、次第に胸の奥が切なく疼き出す。

体中の気持ちがいい部位は繋がっているのか、胸を触られているのに、そのうちに下腹部も疼き出す。脚のつけ根の秘めた場所も、ジンジンと熱を持っていくのがわかる。

ライナルトは散々指先で小さな尖りを嬲《なぶ》ると、おもむろにそれを口に含んだ。目を閉じていても、感覚でわかる。温かい口の中に含まれ、じっとりと舌先で転がされると、強烈な快感が走る。

「んんっ……」

「可愛い寝言だな。もっと聞かせてくれ」

「あ、やっ……！」

ナディアがたまらず声を上げると、それを楽しむようにライナルトは胸の頂を音を立てて吸い上げた。

愛する婚約者に胸を触られているという羞恥と気持ちよさに、ナディアは身をよじって善がる。

「ナディアは眠っていても、素直に反応するな。……胸を可愛がっただけで、ここも濡れてきている」

「ひ、あぁっ……」

両脚を大きく広げられ、秘密の場所が晒された。空気に触れ、そこが濡れていることを自覚させられる。

このまま解すために、指で弄《いじ》られるのだろうか――そんなふうに考えていたのに、気持ちよさは一向にやってこなかった。

布が擦れるような音が聞こえ、彼が服を脱いでいるのがわかる。

やがて、蜜壺に何かが宛てがわれる気配がした。指よりも質量があるそれは、ゆっくりとナディアの中心を擦り始める。

「え？　あ、んんっ」

蜜壺から溢れる蜜を塗り広げるように、柔らかな肉塊が蜜口と花芽の間を行き来していた。気持ちのいいところを力強く擦られ、たまらずナディアは震える。

指ではなく彼自身を擦りつけられているのだとわかると、さらに気持ちよくなった。このまま滑らせて勢いをつけて中へと分け入ってくるのだと想像すると、期待のあまり下腹部がキュンキュン疼く。

初めてのときに、すっかり快楽を教えこまれてしまっている。不慣れなうちは気持ちよさよりも痛みによる恐怖のほうが勝るというのも多いと聞くのに、ナディアはライナルトに与えられるものが快感だけだと知っている。

だから、自然と腰が揺れた。

どうぞお入りくださいと、誘うように腰を揺らす。濡れた肉襞を擦って気持ちよくしてくださいと、ねだるように蜜口が蠢《うごめ》く。

だが、彼のものは奥へと入っては来なかった。徐々に動きが速くなり、それに応じて彼の呼吸が荒くなっていくのが聞こえる。

彼のしようとしていることがわかって、ナディアは慌てて目を開けた。

「……お前が、寝ている自分にしようとしたことをしてくれと言ったからな」

恨めしく思って見つめると、ライナルトは悪びれもせずにそんなことを言う。

つまりは、欲しいのならねだれということなのだろう。

何て酷《ひど》いと思いつつも、ナディアも彼もここでやめるのは無理だ。

「……来て、ください」

わずかに腰を浮かせて、彼のものを迎え入れやすいようにしてナディアは言った。もっといい誘い文句もあるのだろうが、まだ不慣れなナディアにはこれが精一杯だった。

それを聞いたライナルトの口元に、愉悦の表情が浮かぶ。どうやら、お気に召すものだったらしい。

「あまり長くは可愛がってやれそうにないが……」

「んっ……」

丸みを帯びた先端が押し当てられると、蜜に濡れたそこはすぐにそれを呑み込んだ。ぐぷり、と質量のあるものが隘路《あいろ》を進んでくる。それだけで、ナディアの背筋にはゾクゾクと快感が駆け抜けていく。

愛撫はされていても解されていないそこは、呼吸をするたびに彼のものを締めつけて、なかなか奥へと進ませなかった。

それでも、ゆるゆると抜き挿しするたびに少しずつ腰を落としていかれ、気がつけば腹の奥が突き上げられていた。

「挿れただけでこの締めつけとは……大して動けないうちに果てても、許してくれ」

「んぅ……ライナルトさま……ふ、わぁ、んんっ」

ライナルトが腰を激しく動かし始めると、ナディアは自らねだって口づけた。

舌が絡み合い唾液が滴る音と、肉楔が蜜をかき回す音が響いていた。そこに時折二人の鼻から漏れる荒い息が混じり、高まりが頂点に達するのが近いことを感じさせる。

「あっ、あぁ……ぁんっ……はぁ、あぁ、ぁ……」

口づけの合間に、ナディアの唇から切羽詰まった声が溢れるようになった。ライナルトの指が、結合部の上で硬くなっている花芽を押し潰したのだ。

内と外に刺激を加えられ、ナディアは快感に喘ぐ。そして、あっという間にその快感の波に意識を押し流されていった。

「あぁ……ナディア」

それを追うように、ライナルトもすぐに果てた。蜜壺を奥の奥まで抉ると、そこに欲望を吐き出していく。

「……愛してる、私のナディア」

達すると同時に意識を失ったナディアを抱きしめて、ライナルトも目を閉じた。

そして二人はそのまま、肌を触れ合わせたまま眠った。

第四章

事件のあった翌日、ナディアは半日ほどを〝ライラ〟の屋敷で過ごし、それからグライスラー家へと帰宅した。

ライナルトからきちんと説明があったのか、両親も兄も疲れているのはうかがえたが、憔悴《しょうすい》してはいなかった。何より、ナディアやレオナから詳しい事情を聞こうとはしなかった。

もし事件について聞かれたら、何から何までなら話して大丈夫なのか判断がつかなかったから、聞かれなかったのは非常に助かった。

家族の反応を見るに、彼らはまだシュバルツアール家の家業を知らないのだろう。もしくは、知っていても触れないのか。

とにかく、「お前の婚約者が公爵でよかった。我が家の力だけでは、お前たちをこんなに早く救い出すことはできなかったかもしれないからな」という父の言葉に、諸々《もろもろ》の事情が集約されているとナディアは感じた。

ナディアとレオナがこうして無事に帰り着くことができたのは、運が良かったのだ。

これから調査が進むにつれて他の被害女性たちも家に帰り着くことができるだろうが、家が力を持っていなければ時間がかかる。何より、帰る家も探してくれる家族もないような被害者もいるのだ。

そのことを考えて、帰宅してからもナディアは苦々しい気持ちで過ごしていた。

今回の〝花のお披露目会〟摘発《てきはつ》により、この国の様々な闇が明るみに出た。貴族や富裕層がこの件に関わっていたこともあるし、協力していた店もある。

それによって、ナディアは父によってかなりの外出制限をされることになった。基本的に、表通りに面していない店は利用してはいけないと言われたのだ。

父曰《いわ》く、「独特の雰囲気があるだとか、寂れているだとか、道が整備されていないあたりに店を構えているだとかは、全て理由があるのだから」とのことだった。確かに、最初に変装したライナルトと出会ったのも、今回連れ去られるきっかけになった店も、すべて奥まったところにあった。

つまりは、隠れた場所にある店はすべて後ろ暗いことがあると思いなさい、と言いたいのだ。

賃料が安いなどの理由があってそこに店を構えている人もいるだろうと擁護したくはなったが、それはやめておいた。危険な場所には近寄るべきではないのは、今回痛いほど思い知ったからだ。

レオナも自分の失態を苦々しく思い出すように、「教会管轄地域の、石畳が割れたままな場所になんか近寄ってはいけませんね」と言っていた。

それを聞いてナディアも、貴族におかしな寄付は募るくせに道路を直すことには使わないのだなと、ここにもこの国の闇を感じていた。

組織立った動きであることまでは表沙汰にはまだなっていないが、人攫いの噂はあっという間に世間を騒がせることになった。

噂が周知されれば、残党や模倣犯が出たとしても動きにくくなるだろうとの考えらしい。

若い娘たちが好む与太《よた》話程度にしか受け止められていなかったことが、一気に現実味を帯びた噂話になり、夜会の季節の始まりを前に世の中は少し陰鬱な空気となった。

だが、これでよかったのだとナディアは思う。

知ることによって防ぐことができるのなら、それに越したことはない。

使用人も含め、グライスラー家では防犯意識が高まっている。外出するときは必ず二人以上で行動し、夜間の出歩きは原則禁止となった。

そんなふうに物々しい雰囲気の中で過ごしていたから、数日間はナディアも落ち着かなかった。

レオナには一蹴されてしまったが、やはりまだ〝尻尾を掴んだ〟だけなのではないかと思っているのだ。

とはいえその不安も、友人たちにお茶に誘われて出かけるうちに、少しずつ薄れていった。気をつければ外出できるのだと実感すると、日常を取り戻すことができたのだ。

そうしてナディアが落ち着くのを待っていたように、ある日父が家族で歌劇を観に行こうと言い出した。

「歌劇ですか？　でも、大勢の人が集まる場所は危ないと、お父様がおっしゃったではありませんか……」

「明るい時間の公演なら大丈夫だろう。それに、使用人たちも何人か連れて行って警戒させれば、何の問題もないはずだ」

「それなら……」

両親と兄、それから従僕と母の侍女とレオナがついてきてくれるのであれば平気だろうかと、ナディアは考えた。

もともと歌劇が好きで、久々の観劇とあって父の提案には正直言ってワクワクした。

何より、もしかしたらこれを逃したら家族ででかけることは早々ないのかもしれないと思ったのだ。

この前アグネスとお茶をしたときに、そういった話をした。嫁いだあとは実家よりも嫁ぎ先での人間関係のほうが濃密になるため、たまにしか出かけることはできないだろうと。

だから彼女は今のうちにたくさん、母親や姉妹と外出していると言っていた。

それに、歌劇と聞いて母もレオナも嬉しそうにしたのを見てしまった。ここでナディアが渋ったことでお出かけがなしになったら、ひどく申し訳なく感じる。

だから、ナディアは父の提案に乗った。

思えば、家族全員で出かけるのは久しぶりだった。家族仲はいいつもりだったのだが、長じるにつれて別行動が増えるのは仕方がない。

並んで馬車に乗って移動するだけでも楽しかったから、観劇も当然楽しかった。

演目は喜劇で、名作なためこれまで何度も細かな演出を変えて上演されてきたものだった。ナディアたちは大いに楽しみ、見終わって劇場を出るときにはみんなそれぞれ晴れやかな顔をしていた。

それを見て、今日の外出が必要なものだったのだとナディアは気づいた。

喜劇を見て大笑いしたことで、みんな憑《つ》き物《もの》が落ちたようだ、と。

それぞれに日常を取り戻したように見せかけても、心の中にはしこりのようなものがあったのだ。漠然とした不安とでも呼ぶべきものが。

それを観劇によって払拭できたようだ。

「今日、みんなで観に来られてよかった」

劇場を出て、しみじみとナディアは言った。それを聞いた全員が笑顔になる。

そのほっとしたような顔を見れば、今日の観劇が自分のためのものだったと気づかされた。みんな、ナディアが心から何かを楽しめるのを待っていてくれたのだろう。

滞っていたものが正常な流れに戻るような安堵感《あんどかん》を覚えながら、ナディアたちは歩いていた。

その日は寒いが天気はよく、柔らかな陽射《ひざ》しのもとを歩くのは心地がよかった。道行く人々も心なしか楽しそうで、平和そのものの光景だ。

その中を、大きな買い物袋を抱えて歩いている人が目に入った。馬車や人が行き交う通りを大荷物で歩くのは大変そうだ。

その人が抱える袋から今にも果物がこぼれ落ちそうだと見守っていると、案の定よろけた拍子にポロポロと転がり始めてしまった。

「大変だ。拾うのを手伝って差し上げよう」

父が言ったのをきっかけに、母も兄も従僕たちも、みんな転がっていく果物を追いかけた。

ナディアも自分の後ろへ転がっていったものを拾おうと、身を屈《かが》めた。

その一瞬の隙を突いて、事は起きた。

「――っ！」

何者かの手が忍び寄り、ナディアの口を塞ぐと、あっという間に近くの馬車へと引き込んだのだ。

「お嬢様っ、……」

ナディアが何者かに捕まったのに気づいたレオナが駆け寄って来ようとしたのが見えたが、彼女も別の者に羽交い締めにされてしまった。声を出そうと大きく口を開けたことで、ナディアの意識は遠のく。布に染み込ませた薬を嗅がされたのだとわかったのは、薄れゆく意識の中でだった。

家族が各々が果物を拾ってやれやれと顔を上げた次の瞬間には、その場からナディアとレオナは連れ去られていた。


(ここは……どこ?)

次にナディアが目を覚ましたのは、どこかの一室だった。

どうやら寝台の上に横たえられ、壁際を向かされていたようだ。体は縛られておらず自由で、猿轡もされておらず自由だ。

もしかしたらどこかで倒れて、休める場所へと連れて来られたのだろうかと考えて起き上がったところで、驚くものが目に入った。

「……レオナ?　レオナなの?」

向かいの壁際の寝台の上には、レオナが意識なく横たわっていた。慌てて駆け寄って揺さぶるも、彼女が起きる気配はない。

それを見て、ナディアは意識を失う直前のことを思い出していた。

劇場を出て、通行人が落としてしまったたくさんの果物を家族で拾ってあげているときに、何者かに口を塞がれたのだ。その直後から記憶がないのを考えると、おそらく薬か何かを嗅がされたのだろう。

つまり、ナディアとレオナは攫《さら》われたのだ。

前回のように拘束されていないのは救いだが、手慣れているのが恐ろしい。自由にされているのも、逃げられないという自信があってのことのように感じられる。

狭い部屋の中に寝台が設《しつら》えてあるだけの、簡素な部屋だ。利用したことはないが、安宿などはこんな感じだと、前に何かの本の挿絵で見たことがある。

窓は高いところにある明かり取りひとつだけで、外を見ることはおろか逃げ出すことはとてもできそうにない。

出入り口はドアだけだ。

そしてそのドアが、ガチャリと開いた。

「おや、お目覚めか。おい、お嬢さんたちがお目覚めだぞ」

ひとりの男が部屋に入ってきてナディアと目が合うと、ドアの外に出て別の誰かに呼びかけていた。その後、ぞろぞろと何人もがこの部屋に近づいてくる気配がしたかと思うと、ドアのところに何人もの男たちが並んでいた。

全員が同じ服を着ている。そしてそれは、教会の修道士たちが着ているものによく似ていた。

「あの、あなたたちは……？」

「我々は、〝光の聖女隊〟所属の者です。訳あってあなた方を連れてこなければならず、手荒な方法を採ったことをお詫《わ》びしたい」

光の聖女隊を名乗った男たちは、一様に頭を垂れた。その姿から、とりあえずこちらに敵意はないのが伝わってくる。

「あの……なぜ私たちはここへ連れて来られたのでしょうか？」

今すぐどうこうされるわけではないとわかって、ナディアは少し落ち着いた。それならば、自分が置かれた状況を少しでも理解するための情報を得ようと考えた。

「我が隊の隊長が、美しい女性はすべて救済すべしとのお考えなので、ナディア嬢をお救いしなければと思いまして」

「……何から？」

曇りなき眼で見つめられ、ナディアは戸惑った。こうして攫われた事自体理解できないが、その理由がさらに理解できない。

だが、光の聖女隊の面々は自分たちが正しいと信じているようだ。

「憎きライナルト・シュバルツアールからです。あの男は美しい容貌で次々と女性たちを騙し、泣かせ、不幸にしています。そしてそんな男の婚約者にされてしまったナディア嬢は、間違いなく不幸です」

「……別に不幸ではありませんが」

「騙されているんです！　あの男は、別邸に美しい女性を囲っている！　あなたという婚約者がありながら！　そのことに我らが隊長はひどく心を痛めております。我々も女性を大切にしない者は敵と思っておりますので！」

男たちの話を聞きながら、ナディアは遠い目をしていた。

どうやら彼らは本気でナディアたちの敵であるつもりはないらしく、ライナルトこそが悪いやつだと信じているのだ。

光の聖女隊というだけあって、女性の味方を自称しているようだが、どうにも気味が悪い。

「女性の味方だというなら、どうしてレオナは……私のメイドは目を覚まさないのですか？」

再び揺さぶってみても、レオナは目を覚ます気配はない。顔色も悪くないし呼吸もしているが、目覚めないのは気がかりだった。

「その方は、薬の効きが悪かったので少し多めに嗅がせたのですが……おそらく、睡眠が足りれば目覚めると思います」

「そう……疲れているものね。でも、彼女を攫ったのはなぜ？　用があるのは私よね？」

悲しそうな表情を作って言えば、男たちがたじろぐのがわかった。その反応を見て、もしかしたら彼らは制御しやすいのではと思いつく。

「あの、それは……どちらがナディア嬢か判断がつかず、二人とも美人なので連れてくればいいかと思いまして……」

今日は観劇だったため、レオナも屋敷で着用しているお仕着せを着ていないから、外見での判断は難しかったのだろう。だが、だからといって二人とも攫ってしまえなんてあんまりだ。

聞いているうちに段々腹が立ってきて、ナディアは男たちを睨みつける。

「何よ……私たちは女神の信徒よ。何が光の聖女隊よ」

吐き捨てるように言えば、男たちはまたたじろぐ。どうやら、女性にとても弱いらしい。不慣れといったほうが正しいかもしれない。

だが、ナディアの言葉を自分たちを理解してもらうためのチャンスだと思ったのか、先ほどから場を仕切っているリーダー風の人物が口を開いた。

「女性にこそ！　女神の信徒にこそ光の聖女の教えに触れていただきたい！　この国の最高神は女神なのに、女王ではなく男の王が国の頂点にいるのはおかしいと思いませんか？

そして、この国の男たちは女神を崇めるのと同じ口で、女性を虐げる言葉を吐く。振る舞いをする。それを我々はおかしいと思って立ち上がったのです。光の聖女というのはもともと……」

リーダーっぽい男性は何かのスイッチが入ったのか、ペラペラとかなりの早口で自分たちの理念及び光の聖女についての概要、組織の成り立ち、今後の展望について語り出した。

その姿は聖職者というより、俗物的なものだ。そして、妙に親近感を覚える。

（あ、この人たちっていつでもどこでも場を弁えず自分の推しを布教しちゃう厄介オタクだ……つまり、聖女じゃなくて、オタサーの姫だわ）

立て板に水でとめどなく吐き出される情報を聞き流しながら、ナディアはそんなことを考えていた。

＊＊＊

グライスラー家を出て馬車に乗り込むと、ライナルトは深々と溜め息をついた。

ナディアが再び攫われて憔悴しきっているグライスラー家の人々を励ますために必死に平気なふりをしていたが、ひとりきりになるとそれもできなくなる。

守ると決めていたのに、気をつけていたはずなのに、またナディアを連れ去られてしまった。その事実が、ライナルトの胸を抉る。

敵の勢力はかなり削《そ》いだはずだし、何より密《ひそ》かに護衛をつけていたのだ。

しかし、ナディアは白昼堂々攫われた。よりによって、家族や使用人たちの目の前で。

通行人に扮した人間が買い物の品をばら撒《ま》いて、それをグライスラー家の人々が親切心で拾っていたその隙にナディアと彼女のメイドは攫われたのだと言う。

護衛たちも、その一瞬をうまくとらえられなかったと言っていた。そのくらい鮮やかな手口だったということだ。

グライスラー伯爵は、観劇に連れ出したばかりにこんなことになったと自分を責めていた。伯爵夫人は、ついに心労で倒れてしまった。

妹を取り戻すのだとナディアの兄エドガーが飛び出していきそうになるのを止めるのは、本当に骨が折れた。

憲兵隊にツテがあるから、前回に引き続き解決に尽力してもらえると伝えることでどうにか留《とど》まってもらったが、それも時間の問題だろう。

ライナルトとしても、早期解決したい。一刻も早く救い出してやりたい。

だが、相手の正体も目的もわからない今、打つ手がないのが現実だった。

「……お前を巻き込んでしまったのか？」

ナディアが攫われてしまったのはシュバルツアール家の家業と無関係ではないのだろう

と思うと、激しい後悔に襲われた。

あの日、尾行してきた風変わりな娘を、きつく咎《とが》めるだけで解放していたのなら、今頃危ない目に遭わせることもなかったのかもしれないと、やるせない気持ちになる。

だが同時に、ナディアと触れ合わないままでいたなら、その人生はひどく色褪《いろあ》せたものだったろうとも考える。

彼女と出会ってから、ライナルトの人生は急速に鮮やかなものに変わっていった。

変装を見抜かれたとき、心底肝が冷えたのを覚えている。敵に見抜かれるならまだしも、相手はただの小娘だ。

それから気になって調べてみても、どこにも怪しいところはない。知れば知るほど普通の令嬢だった。

だが、普通でないところがあるとするならば、やや特異な趣味と特技を持っていることと、ライナルトのいわゆる崇拝者でありながら、その他大勢の令嬢たちのように盲目的に見つめてこないということだ。

初めは、変装を見抜いた眼力と嗅覚を利用してやれと思っただけだったのだが、あまりにセンスがよくてどこまで役に立てるかを確かめて見たくなった。

何より、手元に置いておきたくなった。

そろそろ世間的に身を固めなければいけなかったライナルトにとって、ナディアほどちょうどいい娘はいないのではないかと思ったのだ。

だが、捕まえようとするライナルトから、ナディアは逃げようとした。

自分の崇拝者ならば、少し特別扱いしてやればすぐにコロッといくと思ったのに、彼女は慌てて結婚相手を見つけようとした。

逃がすものかと躍起になって、先に彼女の実家を囲いこんでみると、ようやく観念したようではあったが、少しも嬉しくはなさそうだった。

彼女が私を好きなのは間違いないはずなのになぜ拒むのか——そう思ってから、好きになってしまったのは自分なのだと気がついた。

逃げる獲物を追ううちに、心を掴まれていたのだ。

ようやく手の中に落ちてきた彼女を捕まえたときには、絶対に手放せないだろうと確信していた。

それなのに、二度も彼女を攫われてしまった。

「……くそっ」

馬車が停まって、屋敷へ帰り着いたことがわかる。腹立たしさを拳に握りしめてぐっと堪えてから、ライナルトは馬車を降りた。

「何か新しくわかったことはあるか？」

待機していた従僕に尋ねると、彼は黙って首を振った。屋敷の中を見回せば、気配がいつもより少ないのがわかる。

シュバルツアール家の使用人たちは、すべて訓練された駒だ。隠密《おんみつ》に長け、日頃から国の暗部に潜んでライナルトの耳目となってくれている。

父は表向き死んだことになってから、こういった駒たちの育成に励んでいる。母は王宮に上がって王妃の話し相手になっているというのが建前だが、実際にしているのは父と同じように〝侍女〟の育成だ。

「他の者たちはどこへ行っている？」

父と母が育てた使用人たちの気配が減っていることに気づいて、ライナルトは訝しむ。

「憲兵隊になど任せておけませんので、独自に動いております。シュバルツアール家の花嫁を攫うというのは我々に対して、ひいては国家に対しての挑発なので」

「……そうだな。だが、敵の正体も目的もわからない以上、闇雲に動いて結果を得られるのか」

「ですが、目的がわからない以上、ナディア嬢の命の保証もありませんので」

「……」

立場上冷静にならねばと努めていたのに、従僕の言葉に心をかき乱された。彼に言われずとも、ナディアの命の心配は誰よりもしている。

攫われてたった一日とはいえ、すでに死んでいることだって考えられるのだ。これまでのやり口からしてそこまで過激なことをするとは思えないが、確証もない。

何より、同じ組織の犯行とも限らないのだ。

人身売買を行っていた組織は摘発できたものの、そこから先の繋がりをまだ見つけられていない。大きな金の流れがあるならばすなわち革命の準備かと思っていたのだが、他国から傭兵を雇ったり武器を買いつけたりという、武力強化の気配もなかったのだ。

つまり、人身売買は何か別の動きの隠れ蓑《かくれみの》に使われていたのだろうが、関わった人間たちが人身売買をしている自覚しかなかった以上、それより先の繋がりを辿《たど》るのは難しい。

むしろ、組織的な人身売買という巨悪を潰したことで、本来追うべきだったものを見失ってしまった可能性すらある。

「ナディア嬢を攫ったやつらの正体がわかれば、事を一気に進められるのでしょうが……」

苦々しく言う従僕に頷きつつも、ライナルトはただひたすらにナディアの無事を祈った。

仕事よりも大事なものがあるなんて馬鹿げていると、彼女に出会うまでは思っていたのに。彼女を愛してしまった今は、任務の成功より彼女の無事が大事になってしまった。

彼女を助け出せるのなら、任務が失敗したって構わない。

もちろん、そんなことを部下たちの前で言えるわけがないが。

何より、悪を野放しにすれば何度でも大切なものを危険に晒してしまうだろう。

だから、ナディアを助け出して悪も潰すのだ。

＊＊＊

攫われてから一晩経ち、ナディアはすっかり〝光の聖女隊〟の拠点での生活に馴染んでいた。

最初に彼らに敵意がないと感じ取ったのに外れはなく、ひどいことはされなかった。それどころか、かなり高待遇ではあるのだろう。

食事や飲み物は出来得る限り良いものを提供してくれようとしているし、困りごとはないかとたびたび聞いてくれる。ようは、ご機嫌取りをしてくるのだ。

レオナが目覚めてからは薬を使いすぎたことを詫びたし、体に異常がないかもかなり心配してきた。

常に彼らが監視についていること以外は、特に居心地の悪さはない。

これはもしかしたら懐柔できるかもしれないと、ナディアは彼らの喜ぶ話を聞き出してみることにした。

その作戦は成功し、現在ナディアは机と、それから紙とペンを手に入れている。

「……お嬢様、本当にあいつらをぶん殴ってここを出なくていいのですか？」

監視にお茶を頼んで席を外させた隙に、レオナがこっそり耳打ちしてきた。

彼女としては、こんなふうに攫われたことの名誉挽回の機会がほしいのだろう。それはわかるが、今はその時ではない。

「仮にここを突破できたとしても、その先が問題よ。軟禁されているこの場所も、組織の規模もわからないまま挑むのは無謀ね」

「確かに、そうですが……」

「それよりも今は、彼らに騙された……洗脳されたふりをして、できるかぎり情報を集めたいの。そしたらその情報を外部に持ち出して。――うまくやれば、助けを呼べるわ」

ナディアが手短に作戦を告げれば、レオナはそれに渋々頷いた。彼女の焦りも理解できるのだが、今は納得してもらうよりほかない。攻撃に転じるにしても、相手の規模や自分たちが置かれた状況を正確に把握しておいたほうがいい。

「ところでお嬢様……それは何を描いているのですか?」

「これはね、今からたぶんめちゃくちゃ役に立つものよ。……似てるわよね?」

「かなり美化はされてますが……」

紙とペンを手に入れてからナディアがずっと描いていたのは、光の聖女隊のメンバーたちの似顔絵だ。レオナの指摘通りかなり美化しているが、特徴は捉えられていると思う。

レオナの顔には、一体何の役に立つのかわからないと書いてあるが、ナディアはわりと自信があった。というよりも、とっかかりになりさえすればいい。

「お待たせしました。果実水を持ってきました」

「わー！　ありがとうございます！　ちょうどさっぱりしたものが飲みたかったんです！　嬉しい」

隊員の男が飲み物を手に戻ってくると、ナディアは大げさに喜んでみせた。

彼らを懐柔するためにやったのは、彼らの行動に大げさに反応し、そして褒めることだ。ナディアは今、可愛い女になりきって、彼らの自尊心をくすぐっている。これも作戦のひとつだった。

「見てください、これ。皆さんのこと、描いてみました」

大げさに喜んで飲み物を口にしてから、ナディアは監視に戻った男にニコニコと絵を差し出した。やや訝るように覗きこんだものの、彼はすぐに笑顔になる。

「こ、これ、ぼく……」

「そうです。じっくりお顔を見ながらではないから少し物足りない出来ですけど」

「いや、すごいよ！」

「嬉しい！　絵を描くのが好きなんです」

高い声を出し、体をくねらせながらナディアは言う。それを見てレオナがドン引きしているのは伝わってきたが、このぶりっ子も武器だと思ってナディアはやりきっている。

「それでですね……せっかく皆さんのこと描いたから、聖女様の姿も描き入れたいのですけれど……」

「お会いさせたいのはやまやまだが、聖女様はあまり王都へは来られないのだ」

「では、聖女様のいらっしゃる拠点は王都ではなく、他の場所にあるのですね。……それは残念」

さりげないふうを装って、ひとつ情報を仕入れることができた。聖女とやらが今ここにいないということと、この場所が王都ということだ。

薬で眠らされている間に遠くへ運ばれたのではと思っていたが、まだ王都にいるのなら助けさえ呼べればどうにかなりそうだ。

「あの……肖像画か何かはありませんか？　もしあれば、それを見ながら聖女様のお姿を描けそうな気がするのですが」

「肖像画か。あるにはあるが、無闇に人の目に触れさせるものでは……」

「でも、せっかくなので皆さんの姿と一緒に、聖女様を書きたいなぁって……」

彼らにとって聖女は〝推し〟だ。推しと自分たちが同じ空間に収められた絵を欲しくないわけがないだろうと、ナディアは揺さぶりをかける。

というより、単純に聖女の絵は欲しいはずだ。彼らの中に自分に近しい感性を見い出し、確信していた。

「わかりました。肖像画のあるところへ連れていきます。くれぐれも、勝手な行動はしないように」

じっと見つめたのが功を奏したのか、男はそう言った。この部屋から出してくれるというのだ。

（これで、少し前進ね）

ナディアは自分の作戦がうまくいきつつあることに、こっそり笑みを浮かべていた。

監視の男は、あっさり部屋から出してくれた。

ナディアたちのことを信じてくれているのか、あるいは無力だと思っているのか。

（たぶん、どっちもよね。そう思わせるために、ただの一度も抵抗なんてしなかったんだもの）

そんなことを考えながら、男に先導されて歩いた。レオナならきっとこの男を伸してしまうくらいわけないのだろうが、今は情報を集めることのほうが大事だ。

（ライナルト様はきっと、この組織のこともこの場所も知らない。ということは、ここから何か情報を持ち出せたら役に立てるってことよね……）

自身が助かることもそうだが、少しでも有益な情報をもたらしたいとナディアは考えていた。そうでないと、攫われて損しただけになってしまう。それはとても癪《しゃく》だった。

「静かで、落ち着く場所ですね」

ナディアが閉じ込められていた部屋も簡素だったが、廊下に出ても、その先をずっと歩いても、華美なものは一切見当たらない。

手入れは行き届いていても建物自体が古いのは見ればわかるし、ところどころ修繕を加えたあとも見られた。

「ここは……使われなくなった巡礼宿かもしれませんね」

男に気づかれないように、レオナがぽつりと言った。これもまたヒントだ。彼女に詳しく聞くのはあとにして、ナディアは男に声をかける。

「あの、ここで生活してらっしゃるのは、全部で何人くらいなんですか？」

怪しまれないように、先ほどまで描いていた絵を見せながら言う。絵の中に描いた男たちは今のところ六人。これより数が多いのかどうか知っておきたい。

「ああ、ここは生活というより、通ってくる場所なんです。みんな日頃は教会のほうで仕事がありますし」

「そうなんですね。皆さん全員のお顔を描けたらいいなと思ったんですけど……」

「それならそのうちに、いくらでも機会はありますよ。隊長もたぶんすぐに来られるでしょうし」

「それは楽しみです」

ナディアがニコニコしているからか、男は警戒心なくいろいろ喋ってくれる。おそらく、純粋なのだろう。だから、誰かに簡単に騙されるのだ。

外廊下を通り、先ほどまでいた部屋があった建物とは別の建物へと連れて行かれた。外を見れば木々があり、ここが森を拓《ひら》いた中にあるのだとわかる。

「ここです」

「わぁ……」

男に連れて行かれたのは、小さな礼拝堂のような場所だった。レオナの言う通りここが巡礼宿ならば、巡礼者たちが祈りを捧《ささ》げる場所だったのだろう。

拝むための女神像の後ろに、肖像画があった。絵には金髪の神秘的な少女が描かれている。

「この方が、聖女様……」

「そうです。なかなか直接お目にかかることはできませんし、実はぼくもまだなんですが……絵からも神々しさが伝わってきますよね。この方は、女神の加護を誰よりも強く受けて生まれてこられたんです」

男は聖女の肖像画に魅入られたようになり、自分たち光の聖女隊の理念について語り始めた。

簡単にいえば、美しいものは女神の加護を受けていて、本来加護が強いものほど偉いということらしい。

だから、ナディアやレオナのような、彼らの物差しで美しいとされた者は保護の対象なのだろう。女神の加護を受ける偉くて大事な存在だから。

彼らはあくまでナディアたちを保護しているつもりのようだ。

途中からナディアは内心「何を言っているの？」とは思っていたが、それでも心酔したふりをして笑顔で聞き続けた。女神よりも聖女が偉いだなんて馬鹿げているし、容姿がいいだけで無条件に優れているなんてとんだルッキズムだと思うものの、彼らにとってはそれが正しいことなのだろうと思うしかない。

「あ、いけない……大変だわ！」

礼拝堂から部屋へと戻ったところで、ナディアはわざとらしく大きな声を出した。レオナは訝る顔をしたが、男はすぐに心配そうにした。

「どうしたのですか？」

「私、大事な手紙を出さなくてはならなかったのをすっかり忘れていたのです！　手紙を出さなければ、私、探されてしまうわ……ここにいたいのに！」

「えぇっ……」

ひどく焦ったように言えば、男もつられて慌てた。それを見て状況を理解したらしく、レオナが頷いた。

「いけませんね……せめて手紙を届けられれば！　お嬢様、すぐに書いてください！　私が届けて参ります。構いませんよね？」

「え？　届けるって、どこへ……？」

だめだとすぐに言えないあたり、男はナディアとレオナの演技の圧に押されているのだろう。これならいけると踏んで、畳み掛ける。

「秘密の倶楽部の会員のもとへです。お嬢様は秘密の倶楽部に所属しておりまして、定期的な手紙のやりとりが義務付けられております」

「鉄の掟《おきて》は絶対よ！　私、探されて制裁を加えられてしまうわ！　家族が私を見つけ出せなくても、秘密の倶楽部は必ず私も見つけるわ……ここも見つかってしまうのよ……」

「ああ、お嬢様。お可哀想に……」

二人して大げさに泣き真似《まね》をしてみせれば、男はどうやら信じた様子だった。「貴族社会のやりそうなことだ」などと呟いている。一体貴族にどんなイメージを持っているのか。

とりあえず、このまま押し切れば手紙を外へ持ち出せそうだ。

（その手紙のこの場所の情報を書いたら……ライナルト様が助けにきてくれるはずよ！）

そう確信して、ナディアは作戦を次の段階へと進めることにした。

＊＊＊

ナディアが攫われて二日目。

ライナルトは焦燥と怒りでどうにかなりそうだった。

今朝も夜が明けてすぐにグライスラー家へと出向き、ナディアの家族たちをなだめていた。

この前人身売買をしていた組織が摘発されたことで、伯爵夫人はどうやらそちらの方面を疑って不安になっているようだった。

伯爵もエドガーもそれを否定してなだめつつも、身代金の要求がないことから、普通の誘拐ではないと考えているらしい。

そのことについては、ライナルトも同意だ。ただの誘拐であったほうが、どれほどよかっただろうかと考える。

（金で解決できるなら、いくらでも払ってやるのに……！）

苦々しい思いをしつつも、彼女の家族の前で取り乱すわけにはいかない。だから、あくまで冷静を装って、彼らに落ち着くよう諭すしかなかった。

本当はライナルトだって、彼らに負けないくらい冷静さを欠いているというのに。

「旦那様！」

グライスラー家から戻ると、ライナルトのもとへ従僕が大慌てで駆け込んできた。

ナディアに関する情報が入ったのかと、すぐさま身構える。だが、部下が差し出してきたのは見慣れた紋章が入った封筒だった。

「カレンベルク家の紋章……ローレからか？」

ローレは公爵未亡人で、ナディアの友人だ。そしてライナルトと同じで〝王家の耳目〟だ。その彼女からの手紙とあって、ライナルトは訝った。

「はい。大至急とのことでした。届けるのが目的だったようで、手紙を持ってきた使者はもう帰りました」

「そうか……」

ローレから急ぎで手紙が来るというのが理解できず首を傾げていたライナルトだったが、封を開けて驚いた。

中にはまた封筒が入っており、それはすでに開封済だ。そしてその中に入っていた便箋に踊る文字は、ローレのものではなかった。

「これは……ナディアからの手紙か！」

信じられない気持ちで読み始めると、まず宛名が〝親愛なるライラ嬢へ〟となっている。何らかの理由があって別邸へ届けることができず、ローレのもとを経由したのだろう。

内容を読むより先に、ナディアがこうして手紙を書ける状態にあることに安堵した。彼女は生きているし、拘束もされていないのだ。そしておそらく、この手紙を外へ持ち出しった。

たのは彼女のメイドだ。

　そこまでわかったものの、手紙を最後まで読み進めても、まったく意味がわからなかった。

「聖女こそが光だとか、季節は必ず巡りますだとか……まるっきり怪文書じゃないか。変な改行ばかりだし……」

　ナディアからの手紙はよくいえば散文詩のような、悪く言えば内容のない、意味をなさない言葉の羅列に見えた。何より気持ちが悪いのは、中途半端なところで改行してあって、妙にスカスカな文面なのだ。

　これが何でもないときならば、悪ふざけかと捨て置くところだろう。だが今は非常時で、意味のないことを彼女がするわけがない。

　もしかしたら文面にではなく紙に細工がしてあるのかと思い、ライナルトは目を眇《すが》めて見てみた。そのとき、何か閃《ひらめ》いた。

「あ……縦に読むのか！　〝過激派〟〝教会〟〝巡礼宿跡地〟」

　不自然な改行は、必要な文字を文頭に持ってくるためだったのだ。文頭の文字を縦に読んでみると、意味をなす単語が現れた。

　その瞬間、ほっとすると同時にライナルトは自分の心が沸き立つのがわかった。それは、ナディアに対していつも感じているものだ。

「ああ、本当に……つくづくお前は面白い女だな。こんなときでさえ、遊び心を忘れない。知恵と勇気で乗りきってしまうのだな」

彼女が敵を欺いてこうして手紙を送ってきた上、居場所のヒントを巧妙に仕込んでいたことにライナルトは喜びを覚えていた。

それでこそ自分が惚れた女だと、感心していた。

美しい女も可愛い女も、寄ってくる者の中には大勢いた。だが、そんな見た目だけで心が躍ることはない。むしろ退屈な女ばかりだった。

ならばせめて妻には優秀な者がいいと考えていたが、それでは心が慰められることはないだろうとも思っていた。

そんなライナルトのもとに現れたナディアは、可愛くて面白い女だ。

容姿が愛らしいだけでなく、コロコロ変わる表情や、独特の振る舞いが見ていて飽きない。

観察眼や嗅覚は持って生まれた才能というしかないのに、それを鼻にかけないどころか気にしてもいない。そして、好奇心旺盛で知恵が回り、ライナルトが見落としていたことにも気づいてくれる。

窮地にあってすらその輝きが失われないことを思うと、愛しさがこみ上げてきた。

「そうか……敵は教会か。今すぐ助けてやるからな」

ナディアの手紙がもたらしたヒントによって、すべてが繋がった。

これまで教会が怪しい動きをしていることは把握していたものの、それを人身売買には結びつけていなかった。本部に知られぬよう独自の派閥が寄付を募るようなことは、これまで何度もあったからだ。

それに、寄付を募らねばならぬほど金がない集団という認識しかなかったから、多額の金が動く人身売買と結びつけて考えることなどなかったのだ。

「ナディアの居場所がわかったぞ。王都の外れの、使われなくなった巡礼宿だ」

ライナルトは屋敷に残っていた使用人たちを集めると、これからの作戦について打ち合わせた。

ナディアの居場所はわかったのだ。だから、あとは取り戻すだけだ。

だが、慎重を期さなければ目前で彼女を失うかもしれない可能性もある。それだけは絶対に避けるべきことだ。

「巡礼宿は森の中だ。正面突破しようと考えれば、たどり着く前に気づかれるだろう。だからこれから、夕方から夜にかけて暗くなるのに乗じて一気に踏み込むぞ」

ライナルトは気合いを込め、号令をかけた。

絶対に取り戻す。もうすぐナディアに会える――そう思うと、ほとんど眠れず疲労が蓄積しているのも、全く気にならなくなった。

＊＊＊

明かり取りの窓から射し込んでくる日差しが赤みがかってきて、夕暮れが近いのをナディアは感じていた。

手紙を託したレオナと、彼女の護衛をすると言い張って監視の男が出ていってから、数時間が経つ。

今頃きっと無事に手紙を届けて、帰路についていることだろう。

悩んだが、手紙はローレの屋敷に届けてもらうことにした。

シュバルツアール家の屋敷に近づけば、もしかしたらこの計画が失敗するかもしれないと思ったからだ。組織の規模はわからないが、ライナルトのことを敵だとみなしている口ぶりからして、監視くらいつけているだろう。

そう考えるなら、別邸もだめだ。彼らはライナルトが別邸に女を囲っているだなんて言っていたから、ライラの存在も知っているのだろう。ライラの正体がまさか、女装したライナルト自身だとは知らないようだが。

というわけで、邪魔が入らないだろうローレのもとへ手紙は届けてもらうことにした。

回りくどいが、これがおそらく取れる手段の中で一番確実だ。

早ければ今夜、遅くとも翌朝にはライナルトは来てくれるだろうと、ナディアの胸は期待に膨らむ。この場所のヒントを印《しる》した手紙を持ち出せた時点で、勝ちを確信していた。

きっとライナルトがここへ到着するより先に、レオナたちが帰ってくるだろう。彼女が不在の間、もし別の監視がこの部屋に来てはいけないからと、一応寝台の布団に詰め物をして、あたかもそこに誰か寝ているようにしている。もし監視が来たら、彼女は気分が悪くて寝ていると伝えるつもりだ。

彼女だけでも逃がそうかと考えたのだが、それはできないと言われてしまった。「それなら手紙を届けるなんてまどろっこしいことをせず、今すぐ一緒にここを出ます」なんて言われたら、戻ってきてねと答えるしかなかった。

レオナならきっと無事に手紙を届けて帰ってきてくれると信じているが、落ち着かない気分だ。だが、不安はあまり感じていなかった。

だから、気が緩んでしまっていたのだ。

「……はい」

ノックの音がして、ナディアは緊張した。返事をしたものの、ドアの向こうにいるのが誰かわからなかったからだ。

レオナたちなら、きっと音も立てずにひっそり帰ってくるだろう。他の監視の者だったとしても、ノックよりも先に声かけがあった。

返事をしたから、相手は当然了解と受け取っている。ゆっくりとドアが開くのに、ナディアは身構えた。

そして、入ってきた人物を見て驚く。

その人は、神官の服を着た金髪の男性だった。光を集めたようなほとんど白に近い金の髪に白の神官服を着ているため、白を纏った神々しい姿をしている。

そしてその人は、それだけでも目を惹くのに、驚くほどに美しい容姿をしていた。

(美しい神官って……もしかしてゲルダが言っていたのはこの人のことなのかしら)

「寝てるの？」

「え、あ、はい」

神官が尋ねたのがレオナのことだと思い、ナディアは慌てて頷いた。するとその人はさして興味もないようで、「そう」と言って手招きする。

「おいで。寝ている人がいるところでは気詰まりだからね」

「は、はい」

どうしようかと迷ったが、ここで拒めばもしかしたら寝台を確かめられてしまうかもしれない。レオナの不在はうまく隠さなくてはいけないから、ナディアは時間稼ぎをするつもりで神官の指示に従った。

(この人が誰かはわからないけれど、そこまで警戒しなくていいのかしら……？)

「僕はマルタ。君は、ナディアだよね」

「……はい」

心を読まれたのかと思ったが、マルタと名乗った彼は美しい笑みを浮かべるだけで何を考えているのかわからない。

それに、じっと見ているうちに何か引っかかりを覚えて、ナディアは段々不安になってきた。

それは言ってみれば既視感だった。この人のことを知っているような、そんな気がするのだ。だが、こんなに目立つ容姿の人物を一度でも見ていたらきっと忘れないだろう。

だから、この引っかかり自体に妙な居心地の悪さを感じる。

(それにちょっと……この人のにおい、苦手かも……)

体臭なのか何なのか、マルタからするにおいがナディアは嫌だった。

居心地の悪さに加え、嫌なにおいまでしてきて、いよいよ一緒にいるのが嫌になってきた。

それでも、今はこの人の注意を引きつけて時間稼ぎをしなければならないのだ。

「何を考えているの？」

マルタに黙ってついて歩いていると、彼が足を止めて尋ねてきた。不思議な色の瞳でナディアを見つめてくる。

「えっと……マルタ様が、隊長なのかなって」

「ああ、みんなに話を聞いたんだね。そうだよ。まあ、隊長ってところ」

ひどく緩い返答に、ナディアはまたも戸惑った。

監視役についていた他の隊員たちは、何というかもっと熱量があったのに。この人は、どうでもよさそうだ。

とてもではないが、あの熱心な隊員たちを率いる人物には見えない。

「こんな感じの男が人を率いてるなんて、おかしいって思った？」

「い、いえ……」

「威圧だけが人を言うこと聞かせる技じゃないんだよ。……君だって、優しくしてくれる男の言うことを聞くほうが好きだろ？」

またも心を見透かすような言動をしてから、マルタは身を屈めてナディアの目を覗き込んでくる。

美しい顔が眼前に迫り、思わず息を呑んでしまった。

「うん……やっぱり可愛い子だ。助け出せてよかった。初めて見たときからずっと、この子はいいなぁって思ってたんだよね」

「え、ちょっと……」

マルタはナディアの手を摑むと、再び歩き出す。しかも今度は早足で。

そして、ある部屋の前まで来て止まった。

「ここでじっくり話そう」

「え、ここって……」

「そう。僕の寝室」

まずいと思ったときには、素早い動きで部屋の中へと引き込まれていた。ゆったりのんびりした雰囲気の人物だと思っていたため、油断していた。

その部屋の中は、他の簡素な部屋と違い、明らかに金がかかっていた。豪奢《ごうしゃ》な調度品で飾られ、彩りに満ちている。

何より、部屋のど真ん中にある寝台が、とても大きかった。

マルタが言った、「ここでじっくり話そう」の意味が普通の会話ではなさそうだとわかって、ナディアは怖くなった。

「うんうん。貴族のお嬢さんだから、男と二人きりになる意味は当然わかってるみたいだね。でも、その反応を見る限り、慣れてはいないと」

「困ります、こんな……」

どうすればいいかわからず混乱するナディアを見て、マルタは楽しそうにしていた。先ほどまでずっと浮かべていたうっすらとした笑みではなく、はっきりとした笑顔だ。

「仮面舞踏会なんかに来るような子だから、もっと慣れてるのかと思ったな」

「……っ」

囁くように言われ、ひどく驚いてしまった。だがその瞬間、ずっと何に引っかかっていたのか理解する。

（この人、私を落札しようとしてた人だ……！）

わかってしまうと、恐ろしさが倍増する。

「遅くなってごめんね。本当はあの日落札して、すぐに僕の妻にしてあげたかったのに。でも、今からたっぷりと可愛がってあげるよ」

「や、やだ！　何言って……」

「君はライナルトに利用されてるんだよ？　僕はあいつを監視してたから知ってるんだ。あの男は自分が追っている事件を解決するためなら君を仮面舞踏会に連れだすし、あんな奴隷オークションにも参加させてしまうんだからね。君はあのオークションで囮にされてたんだろ？」

「ちがっ……」

抱きしめて口づけされそうになって、慌ててナディアは両手で防いだ。だがそのせいで無防備になってしまい、そのまま寝台の上に放り投げられた。

すぐに覆い被せられ、ドレスの裾を弄られる。

「違わないでしょ。仮面舞踏会なんて危ない場所に連れて行かれた段階で、気づくべきだったんだよ？　それとも、従うしかないように脅された？　それを恋心だと刷り込まれてしまったんじゃないの？」

必死で顔を背けるナディアの耳に直接吹き込むように、マルタはそんなことを囁いた。手は焦らすように、ずっとふくらはぎや太ももを擦っている。

気持ちが悪くて鳥肌が立って、ナディアの体は震え始める。相手は細く見えてもやはり男で、抵抗するのに逃げ出せそうになかった。

「あんな男と結婚しても、絶対に幸せになれないからね。でもその点、僕は違う。僕と結婚した子たちはみんな、幸せすぎて毎日天国にいるみたいだって言ってるよ」

「……〝子たち〟って？」

聞き捨てならない言葉に思わず聞き返してしまったが、仮面舞踏会で見かけたときのことを思い出した。あのときたくさん女性を侍らせていたが、もしかしたら全員が妻なのかもしれない。

「可愛くて可哀相《かわいそう》な子は、みんな僕の妻にするんだ。みんなで仲良くするんだよ。子供もたくさん作ろうね」

「……嫌！」

話せば話すほど理解できなくなって、ナディアは全力で拒絶した。

（イケメンに迫られたらその気になっちゃうかもなんて思ってたけど……全然そんなこと

なかった！）

これが漫画だったら読んでいて心ときめく描写だったかもしれないと、前世の記憶が蘇って思う。

だが、フィクションと現実は違う。現実では、どれだけの美男子に迫られたところで嫌なものは嫌なのだ。無理やりなんて以《もっ》ての外《ほか》だし、愛がなければ悲しくなる。

「マ、マルタ様！　待って待って！　待ってください！」

足をバタつかせ、覆いかぶさってくる胸を拳でガンガン殴りながら、ナディアは必死で訴える。

暴れる様子も楽しいのか、殴られても蹴られてもニコニコ受け止めて、マルタはナディアを見つめてきた。

「なぁに？」

「あの、いきなりじゃなくて、おしゃべりしてからがいいんですけど……」

「今からおしゃべりするんだよ。体と体でね」

「そういうのではなくて！　ちゃんと言語で！　口で！　お話しましょう！」

何とか逃れられないかと、ナディアはジタバタした。

マルタの寝室には窓があり、その外に視線をやれば暗くなり始めているのがわかる。

（せめて夜まで時間を稼げれば、きっとライナルトが迎えにきてくれる！）

一縷《いちる》の望みをかけて、ナディアはマルタにおしゃべりを提案する。

せっかく助けに来てもらっても、この男に貞操を奪われてしまってからでは遅いのだ。

だから、それまで自分の身は自分で守るしかない。

「……ずいぶんと、あの男に義理立てするんだね」

「きゃっ」

少しの間動きが止まったから、マルタはナディアの要望を聞き入れてくれたのかと思った。

だが、両手をまとめて頭上に押しつけられ、自由を奪われてしまった。足をバタつかせても、両脚の間に体を入れられれば意味がなくなる。

「あの男のどこがそんなにいいの？　顔だけなら、僕のほうがきれいじゃない？」

「ライナルト様は、ちゃんと私のことを見てくれるから……」

「結局金だろ！　金持ちと結婚したがるっていうのは、金に買われるのと同じことだ！　恥を知れ！　綺麗事《きれいごと》を語るな！」

ナディアに拒絶されたのが気に入らなかったらしく、マルタは人が変わったように怒鳴り声を上げた。その声に怯えているうちに、ドレスは乱暴に脱がされていく。ほとんど引きちぎられているると言ったほうが正しい。

「優しくしてあげようと思ったのに暴れるから……体を先に堕《お》とすしかなくなっちゃった

な」

「やめて……」

下着に手をかけられて、逃れようと身じろぎした。だが、腰が浮くような格好になり、脱がせるのを手助けしただけになってしまった。

「僕のこと好きになるまで抱いてやるから安心しろ」

「いやっ……ライナルト様！　ライナルト様……！」

ナディアが泣いて喚《わめ》いても、マルタは動きを止めようとしなかった。自らも服の裾をたくし上げ、あらわになった下半身を押しつけようとしてくる。

「痛っ！　馬鹿！　やめろ！」

こうなったら手段は選んでいられないと、ナディアは服の上からマルタの肩に嚙みついた。辱めを受けるにしても、精いっぱい戦わなければ絶対に後悔すると思ったから必死だった。

（助けて！　ライナルト様助けて……）

祈りながら、無我夢中で手足を振り回した。嚙みつくのも決して止めなかった。

その必死さと祈りが天に届いたのか、直後、寝室のドアが勢い良くぶち破られた。

「うわっ……！」

音に驚いて呆然としていると、先ほどまで覆い被さっていたマルタの体が真横に吹っ飛んでいった。

視界が開けて目に飛び込んできた光景に、ナディアは思わず叫んでいた。

「ライナルト様！」

扉を蹴破って中に入ってきたのは、ライナルトだった。髪を振り乱し、肩で息をしているのを見ると、今マルタを蹴飛ばしたのは彼なのだろう。

ライナルトは一瞬ナディアを見たが、すぐに顔をしかめてマルタに向き直った。瞬時に状況を察して、怒りで頭に血が上ったようだ。

先ほど蹴り飛ばしたのでは足りなかったと言わんばかりに、蹴りと拳が追加された。

意外なことにマルタは抵抗することなく、そのまま捕縛された。もしかしたら、抵抗できないほどにライナルトの蹴りが激しかったのかもしれないが。

「ナディア……遅くなってすまない。無事でよかった」

憲兵隊や武装した人々が部屋に入ってくる直前、慌てて駆け寄ってきたライナルトが上着を脱いでナディアの肩にかけた。それから、存在を確かめるように抱きしめる。

抱きしめられた腕の中、ライナルトのぬくもりと匂いを感じて、ナディアはやっと息をつくことができた。

少し落ち着いてくると、自分が知っていることを伝えなければと焦る気持ちが出てきた。

「……さっきの男は、〝光の聖女隊〟って組織の幹部で、マルタといって、マルタは仮面舞踏会や花のお披露目会に参加して気に入る女性を見つけては妻にしていて、私も目をつけられて、それで……」

「ナディア、今はいい。大丈夫、あとでゆっくり聞かせてもらうから」

「でも……」

「もう今は、頑張らなくていいから」

まるで駄々《だだ》をこねる子供をなだめるように優しい声で言われて、ナディアは張り詰めた糸が切れるような心地がした。

ずっと、助けを信じて必死で抗っていたのだ。こうして無事でいるのはあきらめなかったからだが、怖かったし、あと少し遅ければどうなっていたかわからない。

そう思うと、再び涙が溢れてきた。

「……怖かった。ライナルト様、怖かったです……」

「よく頑張ったな、本当に……よく無事でいてくれた」

声を上げて泣きじゃくるナディアを、ライナルトはただ抱きしめてくれた。

マルタに触れられたときは怖くて気持ち悪くて仕方がなかったのに、ライナルトの腕の中は落ち着く。

その落差に、自分がどれほど恐ろしい目に遭わされようとしていたか思い知らされて、胸の中の恐怖を押し流すように涙を流し続ける。

「ひとまず帰ろう、ナディア」

優しく背中を撫でられて、ナディアは頷いた。

今はただこんな場所から早く去って、安心できる場所に行きたかった。

ボロボロのままグライスラー家に帰るわけにはいかないため、ナディアは一旦ライナルトのもとに預けられることになった。

母が倒れたことや父も兄もずっと気を揉《も》んでいたことを聞かされて、本当はすぐにでも顔を見せたかったのだが。

無事の連絡だけして、しばらく休みなさいとライナルトには言われてしまった。

ライナルトたちの突入後、マルタをはじめとした光の聖女隊の面々はあっという間に捕まったのだという。

本当は夜を待ってからの奪還作戦を考えていたらしいのだが、中で争う声が聞こえたために突入に踏み切ったとのことだった。

その争う声とは、手紙を届けて戻ってきたレオナが、次々と隊員たちを伸していた声だったらしい。彼女は監視についていた男と揉め、それを皮切りに組織を壊滅させようと目論《もくろ》んでいたとのことだ。すべては、ナディアを助け出すためだけに。

結果的にそのおかげで、ナディアは間一髪のところを助け出された。

ライナルトが救助に向かうのが夜になっていれば、間違いなく無事ではいられなかった。そんなことを考えてしまうから、疲れてボロボロなのに眠ることができず、医者から眠るための薬を処方されなければならなかったほどだ。

薬で無理やりもたらされた眠りとはいえ、それはナディアを癒やしてくれた。

ぐっすり眠って目覚めたときには、体の痛みはあるものの、気持ちはとてもすっきりとしていた。

「目覚めたか」

「ライナルト様……」

目を開けると、傍らで項垂《うなだ》れていたライナルトと目が合った。その憔悴しきっている様子を見ると、長いこと彼が付き添ってくれていたのだろう。

「私、どのくらい眠っていたのですか?」

「丸一日ほどだ」

「そんなに……その間、ずっとそばにいてくださったのですか?」

丸一日も付き添ってくれていたのならそれは疲れるだろうと、ナディアはライナルトの体のほうが心配になった。

「きちんとレオナと交代で見ていたよ。だが、私がそばにいてやりたかったのだ……」

疲れ果てた様子のライナルトは、それでも優しく微笑んで、髪や頬を撫でてくれた。嬉しいのと彼が心配なのとで、ナディアはそれに擦り寄ることしかできない。

「何か食べられそうなものを持ってこよう」

「え、でも……」

「食べないとだめだ」

ライナルトはそう言って立ち上がると、部屋を出ていってしまった。

食事が欲しくないという意味ではなく、彼に無理をしてほしくなかっただけなのだが。それを伝える前に行ってしまった。

しばらくすると、ライナルトは盆を手に戻ってきた。盆の上にはスープと少しの果物が乗っている。

丸一日眠っていた体は栄養を求めていて、それを目にしてナディアの腹が小さく主張した。

「そのぶんだと、きちんと食べられそうだな」

「そんな病人食ではなくて、パンもお肉も食べられそうなくらい元気ですよ？」

「……それはまたあとでだ。とりあえず、これを食べなさい」

好き嫌いする子供をたしなめるみたいに言ってから、ライナルトはスープをすくってナディアの口元に運んだ。お腹は空いているため、ナディアも素直にそれに従う。

ほどよく冷まされたスープはするすると喉を滑っていき、渇いて飢えていた体にしみ渡っていくようだった。

ひと口ふた口とナディアが食べ進めるにつれ、悲壮感に満ちていたライナルトの表情が緩んでいった。だが、果物の最後のひと切れを食べ終えても、眉間に深く刻まれた皺だけはなくならなかった。

「……ライナルト様？」

どうすれば彼を元気づけられるだろうかと考えて、ナディアはそっと触れてみた。手に手を重ねるだけのささやかな接触だ。それなのに、なぜだか彼は泣きそうな顔をした。

「お前を巻き込んでしまったのだと思って、ひどく後悔していたんだ。私がお前に興味を持って近づいて、その能力を面白がって活かそうとしなければ、こうはならなかったのだろうなと」

溜め息を漏らすように吐き出された言葉は、彼の本音なのだろう。悲痛さがにじんで、聞いているとナディアまでつらくなってくる。

「お前は、私から必死で逃げようとしていたのにな。それを無理やり捕まえたのは、私だ……」

「それは……平穏を望んでいたからで、今となっては後悔なんてありません！」

「それでも……逃してやることもできたんだ。――お前が可愛くて手放せなかった。私のエゴだ」

ライナルトは、ナディアを危険な目に遭わせたことをひどく悔いているようだ。

悲しげで苦しそうな彼を見ると、ナディアもつらくなる。だが、それ以上に感じるのは苛立ちだ。

「……ライナルト様は、私にも意思があるってご存知ですか？」

「え？」

「『逃がす』とか『手放す』とか言いますけど、私はペットではなく人間で、自分の意思でライナルト様と一緒にいたいと思っているのがわからないんですか？」

怒りを込めてまっすぐに見つめれば、ライナルトは驚いたように目を見開いた。

それから、脱力したように笑う。

「ああ、そうだな……ナディアも、私と一緒にいたいと思ってくれているんだな」

「そうです。忘れないで。あなたのこと嫌になったら、いつだってどこまでだって逃げていけるんですよ」

「それは……嫌だな。もしそうなったら私もどこまでだって追いかけていくよ。そして許しを乞うから。『どうか私のそばにいてくれないか』と」

思いが伝わったのか、ライナルトはナディアの手を取ってそっと指先に口づけた。彼の表情からようやく険しさが抜けて、ナディアもほっとする。

「任務に巻き込んだことも気にしているみたいですけれど……私、なかなかこの手のことが向いていると思うんですよね。今回の件も、暗号で場所を知らせるなんて、大したものだと思いません？」

「それは……確かにそうだが」

今回の労をねぎらわれていないと感じたため、ナディアは自分で自分を褒めてみる。それでも、ライナルトはその言葉を受け入れられないようだった。

「被害に遭わせてしまって申し訳ないと思うよりも、よくやったと褒めてほしいんです。……私、すごく頑張ったんですよ？　これで、ライナルト様が追っていたものは無事に片付いたんですよね？」

拗ねた顔でじっと見つめると、ライナルトはしばらく困った顔をしてから、仕方がないというふうに笑った。

きっとこんなふうに困らせたり柔らかく笑わせたりするのは自分の特権なのだろうと思って、ナディアはそれで溜飲《りゆういん》を下げた。

「お前はよくやったよ、偉い偉い」

「さすがはライナルト様の婚約者でしょ？」

「そうだな。お前の他に私の妻が務まる女性はいないよ」

「そうでしょうとも」

〝えっへん〟と胸を張ってみせれば、愛しくて堪《たま》らないという顔をしてライナルトが抱きしめてきた。嬉しくなって、ナディアは自分から口づける。

はじめは触れ合うだけだったものが、すぐに舌を絡め合う深いものに変わっていく。言葉の代わりに深く触れ合うことで想いを伝えるように、二人の唇はなかなか離れようとしなかった。

「……ライナルト様、抱いてください」

名残惜しそうにライナルトが唇を離すと、ナディアは追いすがるように腕を掴んで言った。

彼は驚いたように息を呑み、それから目を逸《そ》らす。

「もう少し、体を休めてからでも……」

「今がいいんです」

「だが……痣《あざ》ができるほどの怪我をしているんだぞ」

目を逸らしたまま言われ、ナディアの胸はチクリと痛む。

助け出されてすぐは、興奮していたせいか、あまり痛みを感じなかった。だが、落ち着くにつれ体が現実を受け入れ、あちこち痛みだした。

男に襲いかかられて、身を守るために戦ったのだ。暴れて振り回した腕も足もあちこち内出血していて、それは真っ白なナディアの肌に醜い色の斑《まだら》を作っている。

「……こんな体には、もう触れたいとは思ってくださらないのですか」

「違う！　そういうことではなく、私はただ、お前の体が心配で……」

傷ついたように言えば、ライナルトは慌てて否定した。だが、彼に触れてもらえないことには、ナディアの不安は消えない。

「……ライナルト様以外の男に触られることがあんなに恐ろしいのだと、身をもって知りました。恐ろしかったし、気持ちが悪かった。いっそのこと、今すぐ死んでしまえたらと思うほど……それでも、ライナルト様のもとに生きて帰りたかったから、必死に抵抗しました」

マルタに組み敷かれたことを思い出しながら、ナディアは語る。

薬でよく眠れたからよかったものの、そうでなければきっと夢に見てしまっただろう。それほどの、悪夢のような出来事だったのだ。

「気を抜くと、触れられた指の感触や、あの男の息遣いを思い出してしまうんです。……次に触れてもらえるときまで、私はあの男に触れられた記憶に侵食されながら生きなければならないのですか？」

「ナディア……」

言いながら、ナディアは泣いてしまっていた。言葉にしてしまうと、どうやってもあのときの恐怖や屈辱をまざまざと思い出してしまう。

自分の価値がひどく貶《おとし》められたような、そんな感覚だ。それは、宝物のように育てられ、愛されてきたナディアには信じられないほど心を傷つけられることだった。

「ナディア、すまなかった。私は、お前がまだ誰にも触れられたくないのではないかと気を使ったのだ。きっと、男を恐ろしく思っているだろうと……」

「男は恐ろしいです！　ライナルト様以外の男は！　でも、あなたは違うの……この恐怖から救い出してくれるのは、あなたしかいないのに」

涙ながらに訴えると、ライナルトは再びその腕にナディアを抱きしめた。今度は遠慮などせず、強く力を込めて。

その腕の中で震えながら、ナディアは彼のにおいを胸いっぱいに吸い込んだ。

待ち望んだ、愛しい人のにおいだ。

「薄汚い男に触れられた記憶など、私がすぐに忘れさせてやる。お前は、私に愛でられ、大事にされるために存在しているのだということを刻みつけてやる」

「……ライナルト様」

寝台に優しく横たえられ、ナディアは胸がいっぱいになった。

心臓がドキドキして、近づかれるとその音が聞こえてしまうのではないかと思うほどだ。

この高鳴りは、恐怖によって心臓が激しく動いたあのときとは違う。同じ心臓の動きでも、恐ろしさを感じるときと愛しさを感じるときとでは、こんなにも違うのだ。

「ライナルト様、たくさん触れてください」

ナディアは、目を閉じて口づけをねだった。

自ら視界を塞ぐということは、相手に身を委ねるということだ。信頼して、安心している存在に対してしかできない。

「可愛いな、本当に」

「ん……」

嚙みつくように口づけられて、思わず鼻から甘えた声が漏れた。柔らかで温かな唇を、舌を押しつけられる感触が気持ちいい。舌で歯列をなぞられるのがたまらなくて、自ら大きく口を開けてしまう。

舌を絡め合っているうちに、体の芯が熱を持ち、ジンジンと痺れるようだ。ライナルトも同じらしく、布越しでも押し当てられている彼の下半身が存在感を増しているのがわかった。

体が解れてきたのを察してか、ライナルトの指先が、ナイトドレスの裾を弄った。ほんの少し太ももに触れられただけで、期待に体が小さく跳ねてしまう。

「……嫌だったか？」

その反応を拒絶と取ったらしく、ライナルトが不安そうに尋ねてきた。だから、ナディアは微笑んで首を振る。

「嫌じゃないです」

「脱がせても、いいのか？　服を着たままでも、できるが」

「脱がせてください」

ひとつひとつ聞いてくれるのが嬉しくて愛しくて、ナディアはつい笑ってしまう。それを悪い意味で取ったのか、ライナルトは少し面白くなさそうな顔をして、あっという間に脱がせてしまった。

それから、自らも裸になる。

「……怖くはないか？」

そう尋ねる彼自身が何だか恐れているようで、そこに彼の優しさを感じる。彼は自分がナディアを傷つけることを恐れているのだ。

そんなふうに思ってくれるからこそ、ナディアは彼に身を委ねたいと思う。

「ちっとも。だって私は、ライナルト様がどれだけ大切にしてくれるのか、ちゃんと知っているもの」

手を伸ばし、彼の頬に触れた。その手を下へと滑らせて、首へ、鎖骨へ、それから胸へと至る。

引き締まった胸板に手を当てると、ほんのり汗ばんでいるのと、その皮膚の下で彼の心臓がトクトクと高鳴っているのが伝わってきた。

彼も自分と同じようにドキドキしてくれていると思うと、何とも言えず幸福な気分になる。

「それなら、今からたっぷり、大切にしてやらないとな」

ナディアが少しも怖がっていないと確信すると、ライナルトは白い肌の上に口づけの雨を降らせ始めた。

痣になってしまっているところはそっと、それ以外の場所には自身の証を刻むように念入りに吸いつくように接吻する。

それに舐める動きが加わると、気持ちがよくてナディアは思わず声を漏らした。その声を聞いて張り切るように、ライナルトの舌はやがて全身を這い回るようになった。

「あっ……ん、んぁっ」

脇腹も臍《へそ》も、自分で触っても何も感じないのに、彼に触れられると、舐められると、そこはたちまち性感を覚える場所となる。

ナディアは身をよじりながら、甘い声を出した。本当はひどく恥ずかしいが、声を抑えないのは、彼がこの声を好んでいるのを知っているからだ。

さらに声を引き出そうと、彼の舌の動きは激しくなっていく。

「あっ！　だめ……そんなところ……」

やがてライナルトはナディアの脚を大きく左右に開かせると、その中心に顔をうずめた。すでに期待に濡れていたそこを、蜜を舐め取るように舌が動く。

舌先が狙っているのは蜜口ではなく、その上で主張を始めている花芽だ。愛撫を待つようにうずうずとしていたそれを茂みの奥から探り当てると、ライナルトは強く吸った。

「あぁっ……！」

強烈な快感が走り、ナディアは大きく背をのけぞらせて啼いた。

その反応に気をよくしたのか、ライナルトの愛撫は苛烈になっていく。

花芽を吸い上げるだけでは飽き足らず、蜜口に指を挿れると浅いところで抜き挿しを始めたのだ。

「あぁっ……ゃ、あんっ、そこぉ……うぅ、あっ……」

ふたつの好い場所を同時に可愛がられ、ナディアは髪を振り乱して善がった。快感が駆け足でやってきて、あっという間に上りつめさせられる。

気持ちがよくてたまらなくて、腰を反らし、爪先にまでピンと力を入れて体を震わせる。

その瞬間、蜜口から勢い良く飛沫《しぶき》が上がった。

「あ……やだ……」

粗相をしたのかと思って、ナディアは恥ずかしさに脚を閉じようとした。だが、ライナルトがそれをさせない。

中心から顔を上げた彼は、ひどく嬉しそうな顔をしていた。

「ナディア、大丈夫。女性は気持ちがいいと、今みたいになってしまうんだ。恥ずかしがらなくていい」

「んぅ……」

恥じらうナディアをなだめながらも、ライナルトの指の動きは止まらない。蜜口を広げるように、二本に増やした指でぐるりと円を描いていた。

達したばかりのナディアは、さらに奥へと導くように蜜壺を蠕動《ぜんどう》させた。浅い部分を擦られるのも気持ちがいいが、それだけでは足りないから。

「そろそろ、いいだろうか」

指をゆっくりと引き抜くと、ライナルトは今度はそこに自身を宛てがう。雄々しく屹立した彼のものの先端は、少し腰を進めるだけで呑み込まれた。

「あぁっ……ライナルト様……」

蜜に濡れた肉襞を分け入るように突き進んでくる感触に、思わず身悶える。ずっしりと質量のある愛する人のものが自分の内側を満たしていくというその感覚に、肉体的な喜びだけでなく、精神的な喜びも感じる。

「やはり狭いな、お前の中は……苦しくないか？」

ゆっくり奥へと進みながら、ライナルトは優しく声をかける。愛する女の内側を征服しているという喜びに満たされつつも、いたわることは忘れない。

「苦しい、けれど、大丈夫です。……私の中、ライナルト様でいっぱい……安心します」

二人の間を邪魔するものなどなく、ぴったりと今ひとつになっているという喜びに、ナディアは甘い溜め息まじりに言う。奥の奥までライナルトで満たされていれば、何者も自分を傷つけることなどないと感じていた。

「あっ……」

「そんな可愛いことを言われたら……めちゃくちゃにしてしまいたくなるだろうが……」

ナディアの言葉に反応したかのように、彼のものがさらに大きく膨らむのがわかった。硬さも増している気がする。

彼が自分の中で気持ちよくなってくれているのが嬉しくて、ナディアの下腹部はキュンと疼いた。

「ライナルト様……めちゃくちゃに、して？」

「ナディア……」

「私、ちゃんとあなたのものだって感じたい……」

ライナルトの背中に両腕を回し、しがみつくようにしてナディアは言った。

その直後、彼の箍《たが》が外れるのがわかった。

「あぁぁっ……！」

ライナルトはナディアの両脚を大きく担ぎ上げると、いきなり奥の奥まで勢い良く穿いた。それから、猛然と腰を振る。

それは一見すると、優しさも愛も感じられない動きに見えた。己の快楽を極めるためだけに動いているような、そんな身勝手なものに。

だが、ライナルトはナディアのために動いている。

「愛してる……ナディア、愛してる……」

うわ言のように何度も何度も愛を囁きながら、ライナルトはナディアの好いところを刺激する。角度を変え、深さを変え、どこまでも彼女の感じる場所を探るように。

荒い呼吸の合間に喘ぎとも悲鳴ともつかない声を上げながら、ナディアは繰り返し達した。愛する人の肉楔に深々と穿かれ、好いところを擦られ、意識は真っ白に塗りつぶされていく。

感じるごとに蜜壺の締めつけは激しさを増していき、腰を振るライナルトの眉間には深い皺が刻まれていた。もちろん苦痛によるものではない。

快楽の坩堝《るつぼ》に溶かされ、彼もまた限界が近かった。

「ナディア……」

「来て、ライナルトさまぁっ……」

「……くっ……」

ひと際激しく腰を振り、先端が最奥を穿《うが》ったそのとき、濡れた温かな肉襞がギュッと彼を包み込んだ。柔らかな肉の締めつけに堪えられなくなり、彼のものは大きく膨らんで脈

打ち、熱い滴りを迸《ほとばし》らせる。

飛沫をすべて受け止めながら、ナディアはギュッとライナルトに抱きついた。体の外側も内側も、愛する人に触れていたかったのだ。

「私……あなたのものです」

「そうだな。私も、お前のものだ」

どちらともなく口づけて、それから二人は温かな幸福感に包まれながら眠りについた。

第五章

国に巣くっていた組織を摘発するために、ライナルトはあれから忙しい日々を送っていた。

教会はあくまで内部にああいった派閥が出来上がっていて、それに良からぬ考えを持つ貴族や富裕層が金や口を出しただけと言い張り、関連した者たちを差し出すことも捜査にも協力的だということだった。

だが、使われるべき金が然《しか》るべきところへ使われていなかったことなど、杜撰《ずさん》さは見逃すことができない。偏った思想の若者たちの暴走と片づけるのはあまりに根深そうなため、引き続き国から監査が入ることになった。

ライナルトの仕事はあくまで裏で動くことで、表立って捜査したり取り締まったりするのは、別の者たちの仕事だ。

とはいえ、事後処理や情報共有などするべきことは山ほどあるらしく、ナディアとゆっくり過ごせる時間を取れたのは事件の約ひと月後のことだった。

社交界シーズンが本格的に始まった、ある夜。

ナディアは着飾って、ライナルトの到着を待っていた。

その日のナディアは、独身での夜会は今季が最後だからと、母が気合いを入れて仕立てたドレスを着ている。

といっても、これまでだって母の要望を叶えるドレスがほとんどだったのだが。ナディアはあまり、着飾ることに関心はなかったから。

「これからは公爵夫人になるから、可愛らしいものより上品で淑やかなものを身に着けることが増えるでしょうけれど、ナディアは可愛いものが似合うとよく覚えていなさいね」

そう言って、母はこれでもかと新しいドレスを仕立ててくれた。どれも淡い色合いの娘らしい意匠ばかりだ。

今夜は、そのうちの薄紅色の生地でできたドレスを着ている。大きなリボンのサッシュベルトが目を引く、愛らしいドレスである。

そのドレスに合わせて、レオナが張り切って化粧と髪を整えてくれた。ここのところレオナは一日に数時間ずつ、みっちり侍女としての訓練を積まされていて、化粧も髪結いもその一環だ。シュバルツアール公爵家ゆかりのベテラン侍女から、様々なことを学んでいるのだと言っていた。

「さながら、〝金の姫君〟といったところでしょうか。やはり、〝銀の貴公子〟に並ぶにはこのくらい着飾らなくては」

ナディアを鏡の前に立たせ、レオナは誇らしげだ。

丁寧に巻いて繊細に編み込んだ髪は芸術作品のようで、ナディアも自身の姿に思わず見惚れる。だが、一点気になることがあった。

「……私、〝金の姫君〟を名乗るには、あまり金色ではないわよね」

自分の金茶色の髪を見て、思わず言ってしまう。ライナルトの美しい銀髪と並ぶには、どうしても見劣りしてしまうなと感じる。

というよりも、見事な金髪を見てしまって、それが忘れられないのもあるが。

最悪な出会いではあったが、彼の造形は美しいと思ったし、創作物のキャラクターならきっと気に入っていただろう。

そんなことを考えると、ライナルトと並ぶ存在として、自分の見た目の物足りなさは感じる。

「こういうのは、言った者勝ちです。お嬢様も今後は『わたくしが銀の貴公子の妻である金の姫君だけれど、何か？』という顔をして堂々とするんですよ」

「……無理じゃないかなぁ、そこまで厚かましくなるのは」

レオナに強く言われてしまったが、ナディアは自信がなかった。

しかし、ナディアを世間から舐められない公爵夫人にするのもレオナの課題らしく、彼女は最近ことさらこの手の話題を口にする。

いくら好き合っていても、世間からつり合いが取れていないと見なされるのは問題なのだ。それはわかるから、ナディアは鏡の前で表情を引き締める。

「とりあえず今夜は、婚約発表後、初めて大勢の人に会う日なんですから、ビシッと決めてくださいね」

「任せておいて。そのために私も特訓してきたのだから」

身に着けるものの効果も相まって、堂々としてみるといつもの何割増しか魅力があるように見えた。必要なのは、〝彼の横に立つのは自分だ〟という自覚と自信である。

支度を済ませて階下へ行くと、玄関ホールにはすでにライナルトが立っていた。

紺地に金糸の刺繍が美しい上着を身に着けた彼は、まるで王子様みたいだった。銀髪は後ろへ流すように整えられ、日頃よりもはっきりと額が出ている。

その姿はやはり絵になるもので、つい見惚れてしまった。

（やっぱり二次元的というか、非現実的な美しさよね）

二年前、社交界デビューしたばかりのときに彼を初めて見て、あまりの衝撃に前世の記憶を取り戻してしまったことを思い出す。

「ナディア、早くおいで」

見惚れて足を止めてしまっていると、ライナルトが呆れたように笑って手招きしてきた。

一生、ただ見ているだけで満足できると思っていた存在に手招きされて、ナディアは嬉しくなって階段を駆け下りた。

「そんなに急いで来なくても……今夜は一段と可愛いな。妖精みたいだ」

「少しでもライナルト様の隣に並んだときにつり合うようにと、張り切りました」

彼の目に自分が好意的に映っているのがわかって、嬉しいと同時に安心する。

世間からつり合っていると思われることも大事だが、何より彼に可愛いと思ってもらえるのが一番だ。

それに、彼に可愛いと思ってもらえていたらそれだけで何とかなってしまうのではないだろうかという、無敵な気分になれる。

「では、行こうか」

「はい」

ライナルトに手を引かれて玄関ホールを出て、馬車に乗せられて出発した。

向かう先は、勝手知ったるローレの屋敷だ。未亡人とはいえ、公爵夫人だった彼女は未だに社交界の中心にいて、こうして夜会を主催することもある。

二人揃っての夜会は、主催が知人であるほうがいいだろうと考えたのだ。婚約発表はすでに済ませているが、それでもとやかく言ってくる人間もいる。

特に女性たちのやっかみが怖かった。ライナルトのいちファンだったから、その気持ちは一応わかるつもりだ。

だから、少しでも人との衝突を避けられるようにと、知り合いであるローレが主催の夜会をお披露目の場所として選んだのだ。

それでも、すべての不安が払拭できたわけではない。

だが、それは思いもかけない形で霧散した。

「ナディアさん、おめでとう」

会場に着くと、ナディアの前にはすぐに友人たちがやってきた。アグネスとゲルダとヨハンナとカトリナ、それから主催であるローレもいる。

みんなに笑顔で拍手されると、嬉しいものの、少し戸惑ってしまう。

「どんなやっかみも意地悪も、あなたの耳に届かないようにしたくて。それで、こうして私たちが先に盛大にお祝いしていたら、嫌なことを言う人たちも近寄りづらいのではないかと思ったの」

戸惑うナディアに、ローレがそう耳打ちしてきた。大勢に受け入れられ肯定されているものを、大々的には否定しづらいという集団心理を突いた素晴らしい機転だ。

それに何より、彼女たちがナディアのためにそうしようと考えてくれたことが嬉しい。

「ありがとう……とても嬉しいです」

「ナディアさんは女の子の夢を叶えたのだもの。ずっと憧れていた方との結婚なんて、本当に夢があるわよね。だからつい、応援したくなるのよ」

涙ぐむナディアにアグネスが言うと、みんな力強く頷いた。それから、隣に立つライナルトを見る。

「すごい……絵になる並び」

「本当にお似合いなのね」

「もう絵面がすでに物語の題材だわ」

ゲルダとカトリナとヨハンナが、口々にそんなことを言う。それを聞いて、ライナルトがどうやら照れている様子だった。

「そんなふうに言ってもらえるなんて思っていなかったから、とても嬉しいよ。ありがとう」

そう言って微笑めば、その美しさにみんなが溜め息をついた。ナディアも傍観する側だったなら、きっと心の中でそっと拝んで有難がったに違いない。

だが今は、拝む側ではなく、彼の隣に立っている。だから、美貌に見とれるのもほどほどにして、表情を引き締めた。

優しい友人たちに祝福されたあとは、会場の中で見つけた知り合いに挨拶をして回った。主にはライナルトの知り合いだが、中には父の知り合いや家ぐるみの付き合いがある人たちなど、ナディアの顔見知りも多くいた。

「これまでの人生で一番たくさんの『おめでとう』を言われた気がします」

挨拶をひと通り終えて、ナディアはほっと息をついた。疲れてはいるが、幸福な疲労感だ。

「式の当日は、もっともっとたくさん祝福されるさ。何せ、めでたい日だからな」

いたわるようにそっと頬を撫でられ、ナディアはくすぐったい気分になった。この気安さは、二人が恋人である証のように思えたのだ。

「それにしても、何だか不思議な気分です。ずっと遠くから見ていた人と、こうして一緒にいられるようになるなんて」

夢見心地で言えば、ライナルトが眩《まぶ》しいものを見るように目を細めて見つめてきた。

「私も、こんなふうに祝福されて、ごく平凡な幸せを手に入れられるとは思っていなかったよ。心からの祝福をもらえたのは、お前のおかげだよ」

「私?」

「近づいてくる女性はこれまで大勢いたが、みんな私の見てくれや公爵家の肩書きに惹かれたような者だ。だから、形だけでもそのようなものを妻にと選んでいたら、虚栄と猜疑《さいぎ》に満ちて、周囲の者から祝ってもらうどころではなかっただろうな」

褒められているらしいことはわかったが、彼が言っていることがいまいちピンとこなくて、ナディアは首を傾げた。

「お前は私との婚約で周囲に勝ち誇って見せることがないから、周囲の者たちも素直に祝福できたんだろうなという話だ。ようは、お前は良い友人に恵まれているなと言いたかったんだ」

「そうなんです。みんないい子で、これからもずっと仲良しでいたいなと思っています」

友人を褒められたのだとわかって喜ぶと、ライナルトは愛《いつく》しむように目を細めた。この人はこんな優しい顔をするのかと、ナディアは胸がいっぱいになる。

「良い友人に恵まれたと思えるのは、それだけお前がいい子だからだ。ナディア、人に好かれるのも立派な才能なんだ。……人の懐に入り込めるのも、うちの家業には必要だからな。お前はやはり、私の妻に相応《ふさわ》しいよ」

ライナルトらしい褒め方に、ナディアは嬉しくなった。そういう言い方をされると、他の誰でもなく自分こそが彼に相応しいと思うことができる。

しばらく二人で談笑していると、音楽が流れ始めた。ダンスの時間の始まりだ。

期待を込めた眼差しで見つめると、察したライナルトが恭しく膝をついて、ナディアの手を取った。

「一曲踊っていただけますか、レディ」

「ええ、喜んで」

気障な仕草も彼がやると絵になって、たちまち胸をときめかせる。ドキドキしながら腰を抱かれると、リズムに乗って一歩が踏み出される。

ライナルトのリードに身を任せながらも、ナディアは自身のダンスがかなり上達していることを自覚した。特訓の成果が出ているのだ。

これまでダンスなんて、相手のリードに身を任せていればいいと思っていた。だが、特訓を受けてからは足運びひとつ、ターンひとつとってもリードされる側にも技術が必要だとわかった。

ひとつひとつの動きにこだわれば、見た目が美しくなる。リードする側もより導きやすくなる。

「すごいな、ナディア。お前がこんなにダンスがうまかったなんて知らなかったな」

ナディアのダンスの腕前に気づいたライナルトが、感心して言った。

「特訓したんです。……潜入捜査のときに、ダンスが下手では困るかもしれないでしょう?」

「いい心がけだ。私は面白い人間と努力ができる人間が好きだ」

満足そうに言われ、ナディアも満たされるような気持ちだった。

何より、一方的にリードされるだけのダンスよりも、自分の体を自分の意思で委ねられるという感覚を持って踊るほうが楽しいのだと知ることができた。

クルクルと優雅に舞う二人の姿は、その日の夜会の注目の的だった。話題の人物たちが踊っているというのもあるが、明るい金色と涼やかな銀色を持つ二人が対になって踊る姿は、やはり美しかったのだ。

ライナルトは他の者たちへ見せつけるように踊っているようだったが、ナディアはただ楽しくて、大好きな彼と踊れることが嬉しくて夢中になっていたから、周囲の視線には全く気がついていなかった。


夜会やお茶会などの社交をこなしつつ、その合間に結婚式の準備を進める日々が続いていた。

といっても、両親やエドガーがナディア以上に張り切っていて、そんな彼らの提案に相《あい》槌《づち》を打つことに終始していることが多い。

今も、応接室の中に並べられた何着ものドレスを、ああでもないこうでもないといってみんなして見ている。

その様子を、ナディアはライナルトと一緒にお茶をしながら眺めていた。

とにかく可愛らしさ全開のものを着せたい母と、豪奢で特別なものを着せたい父と兄の間で、今のところは意見が割れているようだ。

「ナディアも、自分でドレスを選んで来なくていいのか？」

グライスラー家の様子を微笑ましく見守りながら、ライナルトが尋ねてきた。

ごく当たり前の質問だろう。一般的には、婚礼衣装は花嫁がもっとも気合いを入れてこだわるところだ。ナディアも、実際にこうして嫁ぐとなるまで、自身もそうなるだろうと思っていた。

だが、ドレス選びに夢中になっている家族を見て考えが変わったのだ。

「婚礼衣装は一生に一度のものですが、よく考えたらこんなふうに家族にドレスを選んでもらうのも一生に一度かもしれないと思って。だから、どうせなら家族に選んでもらった特別な一着で式を迎えたいのです」

お針子に何か要望を出している様子の父を見て、ナディアは温かな気持ちになった。誰よりも父が一番はしゃいでいるというのが、何だかおかしい。

「言われてみれば、そうだな。……私も子供を持つと、気持ちがわかるようになるのだろうか」

ライナルトがしみじみと考え込んでいると、父が手招きしてきた。

「ナディア、婚礼衣装はやはり、引き裾が長いものがいいよな？　長い引き裾をブライズメイドに持ってもらって歩くのは、女の子の憧れだよな？」

父がそう言って指差すのは、刺繍が豪華なドレスと、それとは別の引き裾が長いドレスのデザイン画だ。どうやら、このドレスの引き裾をデザイン画と同じような裾の長いものに変えられないかという要望を出そうとしているらしい。

「確かに長い裾は優雅で素敵ですが、このくらいのものでもいいと思いますよ」

「何を言っているんだ？　裾は長ければ長いほどいいだろう！　遠慮をするんじゃない」

「遠慮しているわけじゃ、ないんですけど……」

父はかなり裾の長さにこだわりがあるらしく、力強く言う。先ほどまで意見が合っていたはずのエドガーも同意しかねるほどだ。

「領地の教会ではなく、王都の教会で挙げるんだぞ？　かなり豪華で派手なものにしなければ、きっと物足りないと思うんだがな……」

どうにもみんなの賛同が得られないとわかると、父は困った顔をした。だが、父なりにナディアを思っての提案なのだということは理解できた。

「確かに王都の教会……つまりはこの国で一番大きな教会での挙式ですからね。気合いを入れねばならないのはわかります」

教会の厚意で――というのは建前で、信用回復のためにライナルトとナディアの式を挙げてほしいと頼まれたのだ。

今回の件で光の聖女隊の存在が明るみに出て以降、人々の心は教会から離れつつある。そのため、何とか権威と人々からの関心を取り戻さねばと躍起になった教会側がライナルトに打診してきたのだという。

国が認めている宗教から人々の心が離れるのは、それこそ邪教が入り込む隙になりかねないと考えているため、ライナルトとしてもその提案は悪いものではなかった。

というわけで、グライスラー家としてはこれまで誰も体験したことがないような大きな教会での挙式のため、空回りするほど張り切ってしまっているのだ。

「もうこの際、我々の要望をすべて入れてしまうというのはどうだ？　父上の言う長い引き裾も、母上の言う可愛さを突き詰めた衣装も、すべて盛り込めばいい。私は豪華であればそれでいいと思っているから、二人の要望を盛り込めばそれも叶う」

しばらくああだこうだと話し合っていると、エドガーがそんな提案をした。

それを聞いた両親は一瞬ポカンとしたものの、すぐに納得して大喜びする。

「そう！　それだわ！」

「なぜ思いつかなかったんだろうなぁ。どちらか一方の要望しか叶えちゃいけないなんてことも、ないものな」

意見がひとつにまとまったことで、彼らはようやくライナルトの存在を思い出したらしい。ふと心配になったように、彼を見た。

「素晴らしい考えだと思います。予算はお気になさらず。ナディアは何を着ても可愛いでしょうから、存分にやりましょう」

呆れているのでも嫌味《いやみ》でもなくそう言ってしまうので、そのあとまたしばらく、どんな装飾を盛り込むかということで話は盛り上がってしまったのだった。

そんなふうにして慌ただしく過ごしているうちに、あと数日で挙式というところまで来てしまった。

その日ナディアは、できあがったドレスを使用人たちに手伝ってもらって試着していた。父の要望通り引き裾は長く、母の要望通りリボンやレースなど可愛い装飾をたっぷり施し、エドガーの要望通り刺繍や宝石を使った縫い取りもたっぷりだ。

大変豪奢で可愛らしく仕上がったのだが、そのおかげで着せるのもひと苦労なドレスになったため、かなり工夫が必要だった。

そのぶん、着られたときは喜びもひとしおで、その場にいた全員で拍手して喜んだほどだ。

「可愛い！　背中側が特に可愛い！　もう、背中から教会に入場したいくらいだわ」

後ろ姿を鏡越しに見て、ナディアは感激して言った。

肩甲骨のあたりにレースの大きなリボン飾りがついており、その端が引き裾と合流するのだ。引き裾は光沢のある白、金、銀の糸で繊細な植物柄の刺繍が施されていて、ところどころ縫いつけられた宝石に光が当たるとキラキラ輝く。

「ドレスが主役なのではなく、お嬢様が主役なのですから。ちゃんと前を向いて入場してくださいね」

「わかっているわ」

レオナに冷静に注意され、ナディアは返事をしつつも鏡で背中を見るのに夢中になっていた。そのくらい、可愛らしいのだ。

「無事に着られましたか。それなら、このまま髪をどういうふうに結い上げるか打ち合わせましょう」

ノックがしたと思ったら、ドアが開いて誰かが入ってきた。その人は、着替えの済んだナディアを見て言った。

「こちらは、マダム・ブリギッテ。私を指導してくださっている方です。今回、結婚式での着付けや髪結いを手伝っていただくことになっております」

「まあ、この方が……」

レオナに紹介されたことで、ナディアはようやく見知らぬ女性が部屋に入ってきたことに合点がいった。

シュバルツアール家ゆかりの人物だというマダム・ブリギッテは、母よりも少し年上に見えるが凛とした人だった。その堂々とした佇《たたず》まいは、気品があって美しい。歳を重ねたからこその美に、思わず見惚れてしまう。

「さあ、ナディア嬢。このドレスに合う素敵な髪型に仕上げて見せますので、まずは鏡台の前の椅子に腰をかけてください」

「は、はい」

凛とした佇まいから厳しい人を想像していたが、意外なほどにその人の口調は穏やかで、どことなくユーモアを感じさせられた。

「柔らかくて細い髪質だけれど、コシがあるのでコテだけでどうにかなりそうですね」

マダム・ブリギッテはナディアの髪に触れて確認すると、それからきびきびとレオナや周囲の使用人たちに命じて、髪を整える準備をしていった。

「ベールも含めて後ろに目を引く装飾が多いですから、髪は巻いてすっきりと結い上げてしまいましょう。でも、前髪や顔周りは繊細に巻いて、垂らしておきましょう」

そう指示を出しながら、彼女はレオナに巻き方を伝授する。そして手を動かしながら、社交界での今季の流行りやこれから来そうなもの、はたまた隣国の女性たちの流行についてまで言及していく。

それに耳を傾けている間に、ナディアの髪は繊細に編み込まれていった。そこに白い花の飾りをいくつか挿していくと、ドレスに合う髪型が完成した。

「あとはお化粧だけだから、あなたたちは下がって結構です」

そう言ってマダム・ブリギッテは、レオナ以外の使用人を下がらせた。その姿は堂に入ったもので、下の使用人を使い慣れた感じがした。

もしかしたら家政婦長あたりを経験したことがある人なのだろうかと考えたところで、鏡越しに彼女と目が合った。そしてそのとき、既視感のようなものを覚える。

（この目の感じ、もしかして……）

気になってこっそりと観察すると、いろいろと感じることがあった。目だけでなく、ふとした口元の表情や仕草など、細かなところに見覚えがある。既視感というよりも、これに近いものを知っているかもしれないという感じだろうか。

「あの、もしかしてマダム・ブリギッテは、私のよく知る方のお母様ですか？」

化粧が終わって彼女の手が止まったところで、ナディアは思い切って尋ねてみた。正直に答えてもらえるかはわからない。それに、違うかもしれない。

それでも、確かめたかったのだ。

「あら、お知り合いに似た方がいらっしゃるのかしら？　……というよりその顔は、ほとんど確信しているのでしょう？」

にっこりと笑う不敵なその表情は、やはりナディアがよく知っているものと似ていた。この顔をするということは、彼女は認めたということなのだろう。

「……ライナルト様の、お母様ですよね？」

「すごいわ。本当に観察眼に優れているのね。あの子の変装も見抜かれるわけだわ」

マダム・ブリギッテは感心したように言ってから、何度も頷いた。見抜かれたことに気を悪くした様子はなく、ナディアはほっとする。

「私は今、王城で侍女教育をしているのよ。シュバルツアール家が訓練した特別な侍女たちよ。そういうわけでレオナも、特訓しているというわけ。あなたのことを守れないと意味がないから」

「……そういうわけだったのですね」

ナディアの頭に浮かんだ疑問をすぐに察知して、マダム・ブリギッテはわかりやすく説明してくれた。なぜ公爵家に嫁いだ人が使用人の教育をしているのだろうかと、不思議だったのだ。

「私の夫……ライナルトの父も式に参列するけれど、気がついても知らんぷりしてあげてね」

「え……あの、ライナルト様のお父様は」

「あの子から聞いていると思うけど、表向き亡くなったことになっているわ。そのほうが動きやすいから。というわけで、私たちは表舞台からは退いていても、あなたたち二人をちゃんと見守っているから」

改めて聞かされると、すごい家に嫁ぐことになったのだと実感した。

だが、だからといって今さら怖気づくようなナディアではない。

「シュバルツアール家は家業柄、普通の家とは違うでしょう？　そのせいで、ライナルトには普通の暮らしをさせてあげられなかったの。だから、ナディアさんのような普通の温かなご家庭出身の方と結婚できて、ほっとしているわ。ありがとう」

「それは……こちらこそ、ありがとうございます」

まさかお礼を言われるとは思っておらず、ナディアは恐縮した。むしろ、普通の家庭出身の自分が、特殊な事情を抱える家に嫁いでいいものなのだろうかという気持ちになる。

「おかしな家に嫁ぐことになってしまったと思っている？」

「いえ！　まだまだ未熟ですが、自分ではなかなか、向いているのではないかと思っています」

「そうね。こうして変装を見抜かれちゃったわけだし」

もしかして試されているのかとドキッとしたが、笑っているのを見る限り、認められたのだろう。不意打ちの邂逅《かいこう》ではあったが、ライナルトの母に会うことができてよかった。

「世界一幸せな花嫁になれるかはうちの息子次第だけれど、世界一きれいな花嫁にはしてあげますからね。――――さぁ、できた」

マダム・ブリギッテに化粧を施されて、日頃よりもぐっと大人びて美しい自分が鏡の中にいた。「世界一きれいな花嫁にしてあげる」という言葉に偽りなく、鏡に映るナディアはきれいだった。

「当日は、私がこれをやるのですよね……」

そばで手順を見ていたレオナが、少し不安そうに言った。それを聞いて、マダム・ブリギッテは笑う。

「式まであと数日あるわ。それまで、たくさん練習なさい。あなたがナディアさんの侍女なんだから」

「はい」

師匠に背中を叩かれる格好になり、レオナの目に気合いが入る。彼女がやる気になってくれているのが、とても嬉しかった。

（たくさんの人たちに祝福されて結婚するのね、私……）

しみじみと嚙み締めながら残りの日々を過ごし、ついに迎えた結婚式当日。

大勢の人たちに見守られる中、ナディアは祭壇の前でライナルトと並んでいた。

こだわりの婚礼衣装に身を包み、ナディアが〝世界一きれいな花嫁〟になっているように、彼もまた特別な装いを纏い、ひと際美しさを放っていた。

前髪をすべて後ろへ流し額を出すことで、目元がいつもよりよく見える。青い目は日頃と違い、温かな喜びに満ちていた。

そこにいるのは冷ややかな美貌の青年ではなく、ひとりの幸福な男だった。

（これ……乙女ゲームのスチルで見て、憧れていたシーンと似てる）

女神のステンドグラスを背に神官長が立ち、その神官長に続いて誓いの言葉を述べながら、ナディアはそんなことを考えていた。

前世の推しキャラにそっくりなライナルトを前にしているから、そんなことを考えてしまったのだ。

憧れていた結婚式のシーンを再現できているのだと思うと、「このスチル、保存したい！　写真の技術があればよかったのに！」などと内心悶絶《もんぜつ》した。

だが、そんな余計なことを考えていられたのはそこまでだった。

誓いの言葉を述べたあとは、誓いの口づけだ。

二人は向かい合うと、ライナルトが手を伸ばしてきてベールをめくった。それから、口づけのために顔を近づけてくる。

恐ろしく美しい顔が眼前に迫ってきて、ナディアは慌てて目を瞑《つぶ》る。その直後、柔らかな唇が触れ合って、すぐに離れた。

物足りなさを覚えるものの、拍手に包まれ、つつがなく式が終わったことがわかる。気がつけば、ずっとふわふわした気分のままだった。

「いつもみたいな口づけは、初夜まで待っていろ」

教会から場所を移す途中、隣を歩いていたライナルトがそう耳打ちしてきた。驚いて彼を見れば、不敵な笑みを浮かべている。

彼との夜を想像して、ナディアは頬が熱くなり、さらにふわふわしてしまった。

だが、その姿は愛する人と結婚できた幸せな花嫁の姿にしか映らず、誰もナディアの頭の中が忙《せわ》しないことになっているなど想像もしなかっただろう。

挙式と披露宴のあと、ナディアたちはすぐにハネムーンへと旅立った。

大きな仕事が片付いた直後とはいえ、ライナルトはその家業柄、いつまた多忙になるとも限らない。

それに、季節は晩春。夏を迎える前のこの国は、もっとも気候が恵まれているといえる。

旅行にもってこいの時季なため、二人は船と馬車で遠くまでやってきていた。

二人がやってきたのは、国の南側に位置する国境付近の街だ。南側の隣国とは長年交易を通じて良好な関係が築かれており、その玄関口となる都市は独特の発展を遂げていた。

ある意味王都よりも活気のあるその街で、ナディアは大はしゃぎしていた。

「すごい！　全然知らない景色です！　匂いも……嗅いだことがないけれど、何だか好きな匂いがします！」

到着するや否や、大好きな散歩に出かけた犬のように転がるみたいに走っている。そして、興味のあるものに次々近寄り、そのたび目を輝かせ、飛び上がらんばかりに喜んでいるのだ。

長旅の疲れを感じさせないその姿を、ライナルトも最初は微笑ましく見守っていた。だが、ずっと走り回っているナディアにやっとのことでついていくうちに、すっかりくたびれ果てていた。

「ナディア……少し休まないか。街は逃げない」

ようやく追いついて、捕まえるためにナディアの手首を摑んで言う。ナディアは捕まえられたことで、ようやく夫をおいてけぼりにしているのに気がついた。

「すみません……見慣れないものが楽しすぎて。どこかで休みましょうか」

「そうしてくれると助かる……」

よろよろのライナルトの手を引いて、心持ちゆっくり歩きながら、ナディアは入れそうな店を探した。そして、テラス席を持つ喫茶店を見つけた。

南部の地域は果物がよく採れる上、交易で隣国の珍しい果物も入ってくる。そのため、他の地域ではあまり見かけないようなものが市場には溢れ、そしてそれらを使った商品を扱う店も多い。

ナディアが見つけたその店は庶民的な店で、カウンターへ行って注文したものを受け取ってから席に着くという形式だった。だから、疲れた様子のライナルトを先に座らせ、自ら商品を購入しにいった。買うのはもちろん、この地方の果物を使った飲み物だ。

「疲れた体には、甘いものですよ」

そう言ってナディアは、買ってきた飲み物と甘そうなお菓子をライナルトに差し出す。

彼は飲み物だけ受け取ると、ややげっそりとした顔をした。

「飲み物だけにしておくよ。……これが若さか」

飲み物を飲んで人心地ついてから、元気に甘味《あまみ》を口にする妻をライナルトは眩しそうに見る。一方、見つめられたナディアのほうは、夫との年の差を考えていた。

「私はまだ十代ですけれど、ライナルト様は二十代後半……もうほとんど三十歳ですものね」

前世の記憶をぼんやり思い出し、そういえば自分も毎日体がきつかったなと考えていた。二十歳の頃と二十五歳を過ぎてからでは、疲れ方が全然違ったのだ。

しかし、その言葉をライナルトは別の意味で捉えたらしい。

「ほぉ……私をおじさん扱いするのか。次の誕生日で二十七歳にはなるが、まだ二十代だ」

「えっと……そういう意味ではなくてですね……」

「夜が楽しみだな」

意訳すると「覚悟しておけ」というようなことを言われ、ナディアは小さく「ひぇっ……」と悲鳴を上げた。だが、飲み物でライナルトが少し元気を取り戻したのがわかり、ほっとした。

夜にどんな目に遭わされるのかは確かに不安ではあるが、これからまた街を回る楽しみのほうが上回る。

「食べ物も飲み物も見知らぬものが多いですけれど、街並みや人々の服装も全然違いますね」

同じ国内なのにこんなにも違うのかと、不思議な気持ちになる。

ナディアの暮らしていた地域をはじめ、おそらくほとんどが王都の暮らしや服装の影響を受けている。王都で流行《はや》ったものが時間差で地方にも流行るといった感じだ。

だが、どうやらこの都市は違う。この国らしさも当然あるが、どこか異国情緒を感じさせるあたり、隣国の影響も強いのだろう。

「気候風土によって建物も着るものも異なってくるからな。何よりも、隣国とやりとりするにいたって、文化的に交わらないのは難しいだろう」

「国内にいるのに、外国に来た気分になれて楽しい場所ですね」

ナディアが歩きながら無邪気に言えば、ライナルトは驚くほど嬉しそうな顔をした。まるで、その言葉を待っていたとでもいうように。

「私の仕事柄、どうしても国外へ旅行というのは難しいから、せめてもの気持ちでこの街を選んだんだ。だから、お前が喜んでくれて嬉しいよ」

そう言って頬を撫でる彼の表情はとことん優しくて、先ほど怖い顔をしたのと同じ人とは思えない。

彼からこんな表情を引き出せるのは愛されているからだとわかり、ナディアはくすぐったい気持ちになる。彼の心遣いも嬉しい。

「旅行が楽しいのは、ライナルト様と一緒だからですよ。好きな人と出歩くって、こんなに楽しいんですね」

旅先でならば許されるかと思い、思いきってライナルトの腕にしがみついてみた。ここでは令嬢ではない。新婚旅行中の新妻だ。

「ナディアがこんなに甘えん坊になってくれるなら、旅はいいものだな。今後も、できる限り時間を見つけて行けたらいいな」

しがみついてきたナディアの頭を撫で、ライナルトも嬉しそうにしている。

それから二人は旅先らしく、のんびりと景色を楽しみながら歩いた。

しばらく歩いていると、食べ物を多く扱っていた場所から今度は民芸品を扱う店が並ぶ場所へ出た。

そのうちのひとつ、装飾品を取り扱う店にナディアは目を奪われた。

「ライナルト様、これ」

「硝子《がらす》細工だな。色硝子は宝石とは異なる輝きを持ち、国内外問わず人気なんだ。この街の売りのひとつだな」

「そうなんですね。ほしいな」

色とりどりの装飾品を前に、ナディアは悩んだ。指輪や耳飾りも捨てがたいのだが、あまり使いみちはなさそうなティアラも可愛くて心がくすぐられた。だがそれよりも目を引いたのは、店主の指にはめられた独特の指輪だった。

『店主さんは、お隣の国の方ですか？　素敵な星が輝いていますね』

もしかしてと思い、ナディアは思いきって店主に尋ねてみた。突然母国の言葉で話しかけられて一瞬面食らったようだが、彼は嬉しそうに語りだした。

彼の指輪は祖母の形見だということ。祖母が隣国出身ということで、そのツテで向こうから買い付けも行っているということ。隣国特有の意匠の装飾品も取り扱っているが、表にはそんなに品数を出していないことなど。

ナディアは特別に、そのあまり表に並べないという隣国風の指輪を見せてもらった。そして、彼がつけているのと同じ、紺地の中に星のように白や黄色の模様が浮かんだ硝子の指輪を購入した。

新婚旅行で来たと言えば、彼は何やら楽しそうな顔をしてどこかへ行き、箱を手に戻ってきてナディアに差し出した。新婚さんにおまけでくれるのだと言う。

「すごいな、ナディア。会話が成り立つほど隣国語が上達しているのも驚いたが、彼を見てすぐに隣国に縁のある人物だとわかるなんて」

横でやりとりをただ見ていたライナルトが、感心して言った。そういう彼も、二人の会話の内容はきちんと理解できているのだ。

「たまたまです。旅をテーマにした合同誌を友人たちと作っていたので、そのときに地方都市にまつわる知識も少しつけていたんです。それで、隣国には〝星空〟と呼ばれる美しい濃紺の硝子があると読んで知ったいたので、店主さんの指輪を見てもしかしてと思って」

「勉強熱心だな。そういうところが、本当に可愛い」

「うっ……ありがとうございます」

不意打ちの甘さに、ナディアは戸惑った。本人としては「オタクの知識が思わぬところで役立った」としか思っていない。だから、それを過剰に評価されてしまうと、照れくささのほうが勝った。

だが隣国語の勉強は、公爵夫人として、彼の横に並ぶ者として相応しくあろうと身につけたものだ。だから、褒められるのは嬉しい。

「私、頑張ってライナルト様に相応しくなりますね」

甘えたように見上げて言えば、ライナルトの笑みがさらに深まった。この顔をするとき、彼が自分のことを可愛いと思ってくれていることをもう知っているから、それを見てまた嬉しくなってしまう。

「そんなに可愛いことを言われると、今すぐ食べたくなってしまうな。……夜は精のつくものを食べよう」

「……」

機嫌はよくなったものの、まだ先ほどのおじさん扱いには拗ねているようで、ライナルトの言葉には剣呑さがある。

だが、怖いと思いつつも決して嫌ではない。ナディアもまた、彼と過ごすめくるめくような夜を楽しみにしていた。


そして迎えた夜。

ナディアは先に湯浴《ゆあ》みを済ませ、寝台でライナルトが来るのを待っていた。

春の夜は暖かく、薄着でいてもちっとも寒くはないのだが、自分の格好が落ち着かなくて、毛布の下に身を隠している。

というのも、日頃とは違う、特別なものを身に着けているのだ。それを渡されたときはとても可愛いものだと感じたのだが、いざ着てみるとかなり淫靡《いんび》なものだとわかってしまった。

なるほどこれは男を誘惑するためのものだと理解して、途端に落ち着かない気分になった。

これから何をするかわからないような、初心ではもうないのに。

「ナディア、待たせたな。……寒いのか？」

ドアが開き、寝室にライナルトが入ってきた。毛布にくるまっているのを見つけ、心配そうにする。

「寒いのではなくて、恥ずかしくて……」

「恥ずかしいとは……」

「今日、あのお店の店主さんに『夜の時間に使いなさい』ってもらったものを、その……着てみたんです」

いつまでも心配をかけていてはいけないと、ナディアはそろりと毛布を脱ぎ捨てる。すると、その下からはあまりにも扇情的な姿が現れた。

「これは……すごいな」

ナディアの姿に、ライナルトは思わず息を呑んだ。

毛布の下から現れた妻が薄い布一枚しか纏っていなければ、驚くのも無理はない。

形はごく普通のガウンなのだが、布地が肌の色が透けて見えるほど薄いのだ。この土地特有の植物柄が袖口や裾に刺繍された美しいガウンのはずなのに、布が薄いせいでひどく淫猥《いんわい》に映る。

白い肌の上にそれを一枚纏うナディアは、自身の姿がライナルトの目にどう映るだろうかと考えて不安になった。

これは、あまりに露骨すぎやしないかと。こんなふうにあからさまに劣情を煽るものは好まない人かもしれないと、今になって思い至った。

「お前はただあるがままでも可愛いが、こうして私のために着飾った姿はなお可愛いな。……可愛い上に、今の姿はとても美味しそうだ」

「んっ……」

ライナルトはナディアの体を抱きしめると、顔を近づけてきてペロリと唇を舐めた。口づけとは違う触れ合いに、ナディアの体はゾクゾクと甘い快感に痺れる。

体の奥に、火がついたのがわかった。

「いつもと違う香りがするな。何かつけたのか？」

ライナルトはナディアの首筋に鼻をうずめ、そこで深く息を吸い込んだ。たったそれだけのことなのに、気持ちよく感じてしまう。

「このガウンと一緒に香油をいただいたので、それも使ってみました。適量がわからず、少し使いすぎてしまったかも……」

「なるほどな。……使いすぎてもいいさ。むしろ足りないと思ったら、また塗りこんでやる」

その香りは彼の気に入るものだったらしく、味わうように何度も息を吸い込んでいる。

彼にそうして自分のにおいを嗅がれるのは、恥ずかしいが不思議と気持ちよさがあった。

「何も纏わないよりも、淫らに感じるものなのだな。……こんなところが、透けているからか？」

「ぁんっ」

ガウンの上から、ライナルトがナディアの胸の頂に触れた。彼が少し指を動かして撫でるだけで、そこは立ち上がって自身を主張し始める。

「膨らんで赤くなって、可愛いな。木苺《きいちご》みたいで、食べてしまいたくなる」

「んんっ！」

指で撫でられて膨らんだ頂に唇を寄せたかと思うと、彼はそれをパクリと口に含んでしまった。たちまち舌先で転がされ、唾液をまぶされ、あまりの気持ちよさにナディアは背中を仰け反らせる。

「やはり、いつもより感じやすいな。もっと可愛がってやる」

そう言うと、ライナルトは執拗に胸へ愛撫を加えた。舌先で頂を転がすだけでなく、もう片方の乳房はやわやわと揉みしだかれ、頂を指で捏《こ》ねられる。

「あっ、あぁ、んっ、ゃ……あぅん……」

これまでもライナルトに胸を触れられるのは気持ちがいいことではあったが、今夜のそれはいつもとは比べものにならなかった。

触れられるたび、バチバチと脳裏に星が飛ぶような心地がするのだ。その星の瞬《まばた》きは、触れられるごとに大きく力強くなる。

「あ、ぅう……ライナルト、さまぁっ、あぁっ、あん！　あ、あぁ……！」

あまりの気持ちよさに自然と腰が揺れ、膝をすり合わせてしまう。下腹部から生まれた快感の渦が背筋を通って脳天まで達すると、やがて爪先をピンと伸ばして全身を震わせた。

「……胸だけで達してしまったのか？　これが香油の効果か」

「え……？」

「お前がもらった香油には、催淫効果があったのだ。つまり今夜のお前は、いつもよりたくさん気持ちよくなれるということだな。……ほら、もうこんなに濡れている」

「あ……」

前立ての隙間から手を差し入れて脚の間に触れられると、そこがぐっしょりと濡れていることがわかる。意識すると、太ももにも尻のほうにも滴っているのに気づいた。

「乱れるお前は可愛いからな。今夜は、存分に乱してやる」

「ん、ふ……」

ライナルトはナディアの体をゆっくりと寝台に横たえながら、口づけてきた。それは、口づけと呼ぶにはあまりに荒々しい。まるで肉食獣が獲物を味見するかのような、そんな獰猛《どうもう》さを感じさせる接吻だった。

舌で歯列をこじ開けられ、ひたすらに舐め回される。気まぐれに舌を吸われたかと思えば、容赦ないほどそれを啜《すす》り上《あ》げられ、口の端から唾液が滴り落ちる。

呼吸がままならないほど口づけられながら、ナディアは自分の体がどんどん熱くなるのを感じていた。

体の芯が熱を持ち、甘く疼く。早くその疼きを鎮めてほしくて、濡れた部分を彼の脚に擦りつけてしまう。

「んっ、んぅ、んんっ……」

口の中を愛撫されながら、花芽を彼の硬い脚に擦りつけるのは気持ちがよかった。はしたない、こんなのやめなくてはいけないという考えが頭をよぎるも、腰の動きは止められなかった。

本当は奥の奥まで彼のもので穿かれていっぱいにされたいのだが、おとなしくそれを待つのはできそうになかった。

擦った場所からジンジンと、快感がせり上がってくる。もう間もなく、大きな果てが来る。

やがてナディアは無我夢中になってライナルトの舌に自身の舌を絡めながら、激しく腰を振っていた。このまま口腔《こうこう》内と花芽を刺激していけば、とんでもなく気持ちよくなるのだと確信して。

だが、あと少しというところで唇を離されてしまった。

「だめだよ、ナディア。勝手に果てたら」

体を離したライナルトが、顔を近づけてきて覗き込んでくる。薄暗がりでもわかるほど彼の瞳は妖しく輝いていて、ますます獲物になった気分だ。

「ここが、この奥が、本当は物足りないんだろう？」

「はうぅんっ」

しとどに濡れた蜜壺の入り口を指でかき混ぜられ、ナディアは甘ったるく呻《うめ》いた。自分でも驚くほどはしたない声が出て、その羞恥で頬がカッと熱くなる。だが、快楽を求める心からは逃れられそうになかった。

「ここに欲しいんじゃないのか？」

「欲しい、です……」

ナディアの口からねだらせようと、ライナルトの指はもったいつけた動きをする。ごく浅いところを擦ってはいるが、ナディアの好いところではない。

好いところを、奥の奥を可愛がってほしければ、きちんとねだれということなのだろう。

「何がほしいか、ちゃんと言ってごらん」

指をゆっくりと抜き挿ししながら、ライナルトは妖しく微笑む。

その笑みには余裕が感じられる。ナディアはこんなにも追い詰められているというのに。

何だか寂しくて、切なくて、それでも欲望には抗い難くて。ナディアは口を開く。

「欲しいです。……ライナルト様のものが」

浅ましい欲望を口にした瞬間、ライナルトの笑みが深まった。それはまるで、肉食獣の舌なめずりに見える。

「よくできたな。たっぷり気持ちよくしてやる」

「あ……」

腰のリボンを解かれ、あっという間にガウンを脱がされる。彼もまた素早く着ていたものを脱ぎ去って、裸になった。

筋肉がついて引き締まった体が、ナディアの上に覆い被さってくる。その美しい彫刻のような体の中心には、凶悪さを感じさせるほどのものが屹立していた。

「私もどうやら、香油の香りにあてられてしまったようだ。……あまり優しくしてやる余裕は、ないかもしれない」

「んっ……」

ライナルトは指で解すことなく、自身の屹立をナディアの蜜まみれの中心へと宛てがった。だが、香油により性感を高められているからか、ナディアのそこは難なく彼のものを呑み込んでいく。

「あぁ……」

狭く熱い肉襞をかき分けて、硬く太い彼のものが押し入ってくる。

奥深くまでそれが突き進んでくると、それだけでナディアは軽く果ててしまった。だが、まだ足りなくて、もっと触れたくて、彼の腰に脚を絡めて、自ら口づけをねだる。

「ライナルト様、口づけてください……んぅっ」

ねだる言葉を聞くや否や、ライナルトはまるでがぶりと噛みつくように口づけてきた。音が立つほどに舌を絡め合い、吐息も唾液も何もかも混ざり合って、こぼれ落ちて行く。

それから彼は、猛然と腰を振った。

余裕はないという宣言の通り、彼は激しい。

肉と肉がぶつかり合う音だけでなく、かき回され結合部からかき出される蜜の音すら聞こえるほど、荒々しく腰を振っている。

いつもより大きく硬くなった肉塊は、容赦なく蜜壺を、その奥の最も敏感な部分を擦り、抉る。

彼の欲望そのものをぶつけるかのような動きに、ナディアは何度も繰り返し果てさせられた。

「あっ、あぁっ！　ライナルト、さまぁっ！　あっ、ぁんっ！　やっ……」

ナディアの腰を掴み、最奥を穿つように力強い抜き挿しが繰り返される。嵩高い部分が蜜口を擦るのが、先端が奥を押しつぶすのがあまりに気持ちがよくて、ナディアは髪を振り乱して善がる。

脳天から爪先に、何度も何度も快感が走る。繰り返し達しているのに、ライナルトは弱いところを責めるのを止めてくれない。

「あぁっ……！」

ひと際甲高く啼いて、背中を仰け反らせたそのとき、ナディアの内側が激しく収縮した。締めつけ、搾り取るかのようなその動きに、堪らずライナルトも深々と息を吐いて、腰を震わせた。

ドクリと脈打つ感覚も、熱いものが注ぎ込まれるその熱も、すべてナディアは感じていた。いつもよりそれが長い時間続くことで、彼も自分を求めてくれていたのがわかって安堵する。

自分ばかり彼を欲していたのではない。

だが、安心できたのもほんの少しの間だけだった。

「ナディア、うつ伏せになってごらん。そう、そのまま腰を上げて」

達したばかりでヘトヘトで、ナディアは言われるがままうつ伏せになり、腰を上げた。

すると、尻を突き出す格好になる。それが何を意味するのかわかったときにはすでに遅く、彼のものを押し当てられ、その直後には深々と穿たれていた。

「あぁっ！　や……だめぇ……」

「逃がすものか。……優しくしてやれないって、言っただろ？」

「んんっ！　あっ……ぁ、ん……」

逃げ出そうとしたものの、腰を強く捕まれ、できなかった。

何より、柔らかく解れた蜜壺を彼の硬いもので激しく擦られるのは気持ちが良くて、そのうちに逃げ出す気力すら失ってしまう。

達したばかりで息も整わず、心臓も苦しいはずなのに、それよりも快感が強い。

擦られれば擦られるほど蜜が溢れ、それが先ほど注がれたものと混じり合って、抜き挿しされるたびにこぼれ落ちて行く。

香油のせいなのか、旅先の解放的な空気のせいなのか、二人の欲は尽きることがなかった。

後ろから、向かい合って、立ち上がって、壁に手をついて……体勢や場所を変えながら、その夜何度も抱き合った。

それから二人ともが意識を手放したのは、空が白んでくる頃だった。


太陽が高く昇ったくらいにナディアは目覚め、隣に眠るライナルトを見つめた。

銀色の繊細な睫毛に縁取られた目は、まだ開きそうにない。それを確認して、ギュッと抱きついた。

それから、首のあたりやそこから下った胸など、彼のにおいが濃いところに鼻を近づけ、思いきり呼吸をする。あまりにもはしたなくて起きているときは憚《はばか》られるが、今ならやっても大丈夫だと思ったのだ。

ナディアはライナルトの匂いが好きだ。これはもう、本能によるものだから仕方がない。昨晩の溺れるような快感を思い出せば、体の相性が良い者同士は体のにおいも惹かれ合うというのは、当たっていることのような気がする。

ライナルトが起きないのをいいことに、ナディアは思う存分好きな匂いを堪能した。

だがそれは、泳がされていたのだとわかる。

「きゃっ」

「……子犬がいるのかと思ったら、ナディアじゃないか。くんくんくんくん、そんなに私が恋しかったのか。朝まであんなに可愛がってやったのに」

突然組み敷かれ、ひどく驚いてしまった。だがそれよりも恐ろしいのは、寝起きのライナルトの瞳の奥に宿る獣のような色と、ぐりっと押し当てられてくる硬く熱を持った塊だ。

「そんなに熱烈におねだりされたら、応えてやらなくてはならないな」

「え、やっ……あぁん……」

火をつけてしまったのが悪いのだが、それから再びナディアは、散々ライナルトに貪られた。

そのせいでその日は、夕方過ぎまで寝台から起き上がることができず、せっかくの新婚旅行だというのに外出することは叶わなかった。

ナディアは不服だったが、それとは対象的にライナルトはホクホクとしている。彼はこの旅行で、妻を抱き潰す喜びに目覚めてしまったのだった。

季節はめぐり、再び社交の時季がやってきた。

ライナルトと結婚してからのナディアは、彼の仕事に合わせて領地と王都の屋敷を行ったり来たりしている。

仕事を手伝うためというよりも、離れがたいからだ。

国内で今のところ何か派手な事件は起きていないため、ナディアを伴って潜入するようなことはない。だが時々、怪しい人物の人相書の作成などは手伝っているし、方々を歩き回っては怪しいにおいを嗅ぎつけている。

見聞を深めるためという名目で、友人たちの領地屋敷へと招かれているのも、いち早く世の中の異変に気づくという目的もある。

夏から秋の間は手紙でだけのやりとりになるのが当たり前だから、わざわざナディアが訪ねてくるのを友人たちはみんな歓迎してくれた。

趣味の話題で盛り上がるのももちろんだが、ちょっとした噂話や愚痴の中にも、怪しいものは潜んでいる。そういったものをライナルトの耳に入れ、彼の仕事に役立てるということも増えてきた。

最初は公爵夫人なんて自分に務まるのかと不安だったが、今のところはなかなかうまくやれているのではないかと思っている。

ライナルトにも、評価してもらえているため、夫婦仲も良好だ。

趣味に関する、理解されなさを除いては。

「ナディア……これは何だ？」

ある日の昼下がり。

外出から戻ると、珍しくライナルトが先に帰宅していた。そして、何かを手に怒っている様子だ。

紙束を手にしているから、最初は頼まれた人相書に不備でもあったのかと考えた。だが、よく見てみればそれは、出かける直前まで夢中になって描いていた新作原稿の挿絵なのだとわかり、一瞬で背筋が凍った。

「……ライナルト様！　勝手に机を見たのですか！　置きっぱなしにしていた私も悪いですが、勝手に見るなんて……」

ライナルトに駆け寄っていって絵を取り戻そうとするも、ひょいとかわされてしまい、届かない。何より、冷ややかに見下ろしてくる視線が怖くて、戦って取り返す気力は失《う》せてしまった。

「確かに勝手に見たのは悪かったが。で、これは何だと聞いている」

「……新作原稿の挿絵ですが」

「それで、この絵に描かれているのは？」

「………銀の貴公子と金の神官が、見つめ合っている絵ですが？」

言い逃れをしても誤魔化そうとしても、ライナルトの追及が止むことはないだろう。それがわかって、ナディアは素直に白状した。

だが、素直に言えばいいというわけではないらしくて、彼はますます悩ましそうに眉間の皺を深めた。

「……この絵の人物たちのモデルが誰かということも、問い詰めたほうがいいのか？」

「問い詰めなくていいです……だって、言わなくてもわかってるんでしょ？」

問題となるのはやはりそこだろうなと、半ば開き直ってナディアは考える。

銀の貴公子は当然ライナルトのことで、金の神官はマルタのことだ。どうやら彼は、それが気に入らないらしい。

「ナディアが友人たちと、何やら実在の人物を使った創作をして楽しんでいるのは知っている。そこに私が登場するのは、まあ仕方ない。人気だからな。だが、なぜあの男が俺の相手役なんだ？　もともと、男といちゃつく趣味はないが、あの男だけはない！　絶対にありえない！」

ライナルトはひどく怒っていた。というより、心外と感じているようだ。

「モデルにしてしまっているので、そこはまあ、平謝りなのですが……でも、〝金の神官〟も人気なんですよ。それはもう、かなり」

マルタの存在は今や偶像になってしまっているため、より一層人気になっている気はする。

あの事件以降、マルタは消えた。実際は捕まって処罰を受けているのだが、それは表には出ていない。

だから、事情を知らない一般人にとっては、〝消えた美貌の神官〟としてますます話題になってしまっているのだ。

もともとの目撃数もあまり多くなかったことから、より神秘性が増したのも原因だろう。

最初はゲルダが喜ぶだろうと描いたのだが、今では秘密倶楽部の全員が金の神官が好きだ。

他の人と違ってナディアは事件の顚末《てんまつ》を知っているから、彼に対して同情を感じているのもある。

「彼はすごく悪いやつでしたから、処罰は妥当だと思うんです。でも、生い立ちを考えるとどうしても気の毒に思ってしまうので、せめて創作の中だけでも幸せにしてあげたいなと……」

あとで聞かされたマルタの生い立ちを思いながら、ナディアは言った。

彼は美しく生まれたばかりに不幸だったと言っていい。幼い頃に貧しさ故に両親に捨てられ、教会に保護されたものの、その容姿の良さのせいで碌な目に遭っていない。

ライナルトは詳細を語ることはしなかったが、〝光の聖女〟の肖像画の中の少女が子供時代のマルタだったという話だけでも、彼がどんな目に遭わされていたのかは想像できてしまう。

だからといってたくさんの女性を囲っていたことも、おかしな思想の集団を組織していたことも許されないが。それでも同情はする。

「創作の中だけでも幸せにって……」

「自己満足なのはわかってるんです。そんなことしても、現実は何も変わらないって」

無為なことをしていると自分でもわかっているから、ナディアは苦笑いするしかなかった。

だが、ライナルトが言いたかったのはそういうことではなかったらしい。

「いや、そうではなく、不幸な男が男といちゃいちゃしてなぜ救われるんだ？　救うなら、金の神官を女にして、その上で美貌の銀の貴公子とくっつけたほうがいいんじゃないか？」

唐突な提案に、内心でナディアは「この人、才能ある」と思っていた。キャラクターの性別を変えて物語を展開していくことを思いつくなんて、筋がいいとしか言いようがない。

「それ、書きましょうよライラ嬢」

「ライラ嬢って……書かないぞ。そんなことより、私はいつもいつも男といちゃつかされているのが許せないのだが」

一時話は脱線していたが、再び本題へと戻ってきてしまった。ライナルトは不機嫌な顔で、じっとナディアを見つめる。

「あの、ごめんなさい……」

「私の描いてほしいものを描いてくれたら許す」

「描きます描きます！　何を描いてほしいんですか？」

どうすれば機嫌を直してもらえるだろうかと思っていただけに、お安い御用だと飛びついた。しかし、ライナルトは相変わらずナディアを見つめている。

「私の可愛い妻を描いてほしいのだが」

「……それは、私のことですかね？」

「ああ、そうだ。その隣に、美しい私のことも描いてほしい。二人仲良く、くっついている絵がいいな」

「……」

真面目な顔をして言う彼を見て、どうやらふざけているわけではないと悟る。だから仕方なく、まず描き慣れたライナルトの絵を描き、その隣に自分に見えなくもない女性の姿を描いた。これまで自画像など描いたことがないため、ほとんど手探りだ。

だが、やはりそんなものでは満足してくれないらしい。

「全然違う！　ナディアはもっと可愛い！　口角はキュッと上がっていなくてはおかしいし、目だってもっと大きい！」

「こ、口角？　目、大きくするんですか？」

「それから可愛い睫毛を生やせ！　繊細な睫毛が可愛いんだ！」

「えっと、こうですか……？」

あれやこれや注文の多いライナルトの言うことをひとつひとつ聞いていくうちに、かなり美化された自画像が出来上がってしまった。

しかし、どうやらそれは彼の気に入るものだったようだ。

「いいじゃないか。なるほど……お前たちが手紙で絵の交換をしている意味がわかったぞ。好きなものを描いてもらえるのは、すごく嬉しいのだな」

そう言って大事そうに絵を描いた用紙を持つのを見て、ナディアはくすぐったい気持ちになった。同時に、「推しの絵は嬉しいもんね」と思い、ライナルトにとって自分は大事な存在なのだと改めて知った。

それから時々、ナディアは自分とライナルトの二人が並んだ絵を描かされるようになった。

彼がそれらの絵を大事な手帳の間に挟んで時々取り出して見ていることは、後に近しい人たちの口から語られる。

絵にはやがて、子供たちの姿も追加されるようになり、シュバルツアール夫妻の仲の良さをうかがわせる逸話として人々に愛されたのだった。

あとがき

はじめましての方もお久しぶりの方も、このたびは本作を手にとっていただきありがとうございます。今回はファンタジー要素控えめでティーンズラブを、とのテーマで書き始めたのですが、〝主人公が転生者〟以外にはファンタジー要素がないながらもなかなか面白いものに仕上がったのではないかと作者的には満足しています。

主人公ナディアは転生者といっても前世の知識を使って無双するわけではなく、ただ前世と同じように趣味を謳歌しているだけです。その趣味と特技が役立って現世の最推しであるイケメン公爵ライナルトに気に入られてしまうわけですが、今回はずっと使いたかった〝ふーん……おもしれー女〟的な文脈を使うことができて完全に満足しています。

私は自分が何かや誰かにハマるとき、完全に見た目がどストライクに好きな場合と、まったく予想もしていなかった角度から好きになってしまう場合があるのですが、ライナルトがナディアを好きになってしまったのは完全に後者です。〝おもしれー女〟だし役に立つと思ってそばに置いたはずなのに気づいたらどハマりしてしまっていたというやつです。

モテる人が予想外のところにハマって四苦八苦するさま、いいですよね。この作品では令嬢たちに人気の美貌の貴公子が、〝おもしれー女〟ナディアにどんどんハマっていく様子をお楽しみいただけます。

今回は脇役キャラもたくさん出てきたので、読者の方々は把握するのが大変だったかと思いますが、書くのはとても楽しかったです。侍女のレオナもそうですし、秘密の倶楽部のメンバーである友人たちも、例の彼も大変愛着があります。推し活女子会に本当はもっとページ数を割きたかったのですが、肝心のラブストーリーがお留守になってはいけないので我慢しました（笑）

今作は可愛いナディア＆麗しいライナルトをことね壱花先生に描いていただけました。ラフを見せていただいたときから、これは素晴らしく可愛いものが生まれてしまったな……と感激して、完成イラストを見せていただくのを楽しみにしていました。なので、こうして書籍となって皆様に手にとっていただけてとても嬉しいです。ことね壱花先生、素敵なイラストをありがとうございました。

また、脱線しがちな私の手綱をとって原稿の完成に導いてくださった編集のN様、ありがとうございました。的確なご指摘により、完成した作品は企画段階よりも初稿よりも何段階も面白いものになりました！

そして、本作を手にとってこうしてあとがきの最後まで読んでくださった読者様もありがとうございます！　別の作品でもまたお会いできますように。

猫屋ちゃき

推し活がしたい転生令嬢ですが最推しの公爵様に囲い込まれました!

Vanilla文庫

2023年4月5日　第1刷発行　定価はカバーに表示してあります

著　者　猫屋ちゃき　©CHAKI NEKOYA 2023
装　画　ことね壱花
発行人　鈴木幸辰
発行所　株式会社ハーパーコリンズ・ジャパン
東京都千代田区大手町1-5-1
電話　03-6269-2883（営業）
0570-008091（読者サービス係）

印刷・製本　中央精版印刷株式会社

Printed in Japan ©K.K. HarperCollins Japan 2023 ISBN978-4-596-77128-5